しだれ桜のゴロスケ

熊谷千世子 作
竹熊ゴオル 絵

もくじ

一・おしいれの部屋

目の前を閃光《せんこう》が走ったと思ったら、大粒《おおつぶ》の雨が地面をたたきつけるように落ちてきた。道路がみるまに、黒い丸の粒《つぶ》にうまっていく。

のしかかるような激《はげ》しい雨の音に、李乃《りの》の頭の奥《おく》がくらんとゆれた。

目の前に家の玄関《げんかん》は見えている。その距離《きょり》、わずか三〇メートル。手さげカバンを傘《かさ》がわりにして、李乃はかけだす。

「ふう、ぎりぎりセーフ、ぬれねずみだけはなんとかまぬがれた。」

李乃は玄関に座《すわ》り込むと、大きく息をついた。

「まあまあ、たいへん、ずぶぬれじゃないの。さっきまであんなにいい天気だったのに、二月の雷なんて、このごろの天気はおかしなものだね。」

タオルを持ったおばあちゃんが、スリッパをパタパタならしながらかけてきた。

「あら？　どうかしたの、顔色が悪いみたいよ。」

おばあちゃんが顔をのぞきこんで、李乃の額に手を当てた。おばあちゃんのやわらかな手が、冷たくて気持ちいい。

「なんでもないよ、ちょっと頭がふわふわしただけ。雨がふるといつもそうなんだ。」

平気だよって感じで、李乃はむりに笑顔を作る。

そう、いつものこと、じっとしていれば、すぐに、なんでもなかったように消えてしまうから。

「それより、おばあちゃん、由宇《ゆう》は？」

ぬれた髪《かみ》をふきながら、李乃は静まりかえった居間《いま》をのぞいた。

五時から始まるアニメだけは、由宇はなにがあってもかかさず見る。

「あっ、またおしいれの……？」

李乃は目だけで、階段《かいだん》の先を見上げる。

おばあちゃんは大きなため息をついてうなずいた。

（おしいれの中の部屋……。）

子ども部屋のおしいれに作られた、犬小屋みたいな小さな空間。

下の段《だん》いっぱいに大きな段ボール箱をおしこんで、入り口用の穴《あな》だけを開けた小さな部屋。ぼろぼろのいまにもつぶれそうな、段ボール箱の部屋。

雨がふると由宇《ゆう》はいつも、おしいれに作られた『部屋』の中にかくれる。

雨音がしている間は、だれが呼《よ》んでも、なにを言っても出てこない。

「よかった、今日はおばあちゃんがいてくれて。由宇一人だったら、今ごろパニックになってたよ。」

「かわいそうにね、なんでもないように見えても、心にできた傷《きず》はまだまだ消えないんだね。」

おばあちゃんはふっと肩《かた》をおとした。

心にできた傷……、由宇が三歳《さい》のときの、地震《じしん》といっしょに起こった土砂くずれの事故《じこ》。

ふり続く長雨を気にしながらも、一緒《いっしょ》に行くと言ってきかない由宇を連れて、母さんは親しい友人たちに会いに行った。その帰り道、スノーシェードの出口で母さんと由宇は土砂くずれにあい、車ごと流された。

わずかにできた土砂のすきまから、由宇は助け出された。でも母さんは、大きな岩の下敷《したじ》きになって助け出せなかった。

あの日から、由宇は雨をこわがるようになった。雨がふるときまって、おしいれの部屋にもぐりこんで、体を丸めてふるえるようになった。ふだんは普通《ふつう》に話せるのに、そんなときの由宇は急に言葉が出なくなる。固《かた》く口を閉《と》ざしてかたまってしまう。

「話せないわけじゃないからね、まあ、心がいやされれば、いつか治るでしょう。」

お医者さんは言ったけれど、その『いつか』は来ないまま、三年が過《す》ぎた。

それでもこのごろは、おしいれの部屋に長ざぶとんとミニ枕《まくら》を運んで、それなりに居心地《いごこち》のいい空間にしているみたいだから、李乃《りの》も父さんも、そっと見守るだけにした。

いつかきっと、あの部屋に入らないでもいいときがやってくるだろうから……。

ふいに、母さんの笑顔がまぶたの裏《うら》に浮《う》かんで消えた。胸《むね》が苦しい。

李乃は軽く目を閉《と》じる。また、頭の奥《おく》がくらんとゆれた。

「だいじょうぶ、四月からはいつも、おばあちゃんとおじいちゃんがいっしょだから。」

李乃《りの》は頭を大きくふると、黒いもやをかき消すようにつぶやいた。

突然《とつぜん》決まった父さんの転勤《てんきん》を機会に、四月から李乃と由宇《ゆう》は、長野の母さんの故《こ》郷《きょう》でおばあちゃんたちと暮らすことになった。

父さんは、医薬品営業を担当する営業マン。病院や薬局関係のお店を回って、お医者さんや薬剤師《やくざいし》さんに医薬品の情報《じょうほう》を提供《ていきょう》する仕事をしている。つまり、医薬品の大切な情報を伝えながら、会社の薬のセールスもするっていう仕事らしい。

父さんの会社は全国に多くの営業所を持っていて、転勤も多いらしいけど、出張《しゅっちょう》も多い。二・三日の出張もざらにある。そんなときはいつも、田舎《いなか》からおばあちゃんが来てくれた。

でも今度の転勤は、今住んでいる所からずっと離《はな》れた他県の静岡市。おばあちゃんの田舎からはさらに遠くなる。

父さんのおじいちゃんもおばあちゃんも、今はもういない。知らない所で入学式をむかえる由宇のことを心配して、父さんは田舎のおばあちゃんたちに二人のことを頼《たの》んでくれたのだ。

そうなればもう、雨がふっても由宇《ゆう》は悲しい思いをしないでいられるから。それに、夜遅《おそ》くなる父さんの帰りを、二人でじっと待っていることもなくなるから……。

李乃《りの》は、こみ上げてくる暗い思いをふり払うように、一つ大きくせきをする。わざと、足音をたてながら階段《かいだん》をのぼる。

「いやあ、まいった、まいった、雨のやつにやられたよ。」

ランドセルをどさっと机《つくえ》に置くと、むりに元気な声で言った。

「雨ってほんと、いやになっちゃう、急にふってきたと思ったら、ほら、もう青空が顔を出しているんだから。これなら由紀ちゃんの家で雨やどりしてくればよかったな。」

おしいれの中で、ごそっと音がした。

「ああ、走ってきたからおなかがすいちゃった。そうだ、おやつでも食べよう。」

由宇に聞こえるようにわざと大声で言ってから、また音をたてて階段をおりる。

二階に耳をすますと、おしいれからごそごそと音がする。由宇はあのおしいれから、そろりそろりと顔だけ出して、窓《まど》の外の様子を見ているんだろう。

きっと、もうじきおりてくる。よし、あと、もう一押《ひとお》しだ。

「わあー、シュークリーム、おいしそう、いただきまーす。」

二階に向かって、李乃ははしゃいだ声をあげる。

食べ終わったころに、階段をきしませながら由宇がおりてきて、台所に顔を出した。

李乃とそっくりの丸顔の由宇。丸い鼻とがりがりなところもよく似《に》ている。でも、李乃はひょろんと背《せ》が高いのに、由宇はいつまでたっても小さい。

たれぎみの目は李乃のコンプレックスだけど、由宇の目は、豆でっぽうをくらったときのハトみたいに丸い。おしゃべりな李乃より、由宇の唇《くちびる》はうすい。いつも、真一文字に結ばれた由宇の唇。

由宇はきょときょととテーブルを見回して、自分のシュークリームを見つけると、あわててつかんで居間《いま》に急いだ。もう終わりかけているアニメが気になったらしい。

テレビを見ながらも、女の子みたいにのばした由宇の頭が、ときどき窓《まど》から見える空の方にかたむく。おどおどした肩《かた》が、たよりなげだ。

——なにを考えてるの？　思いつくこと全部、はき出しちゃえばいいのに。そしたらずっと、心が楽になるのに——

後ろむきの由宇《ゆう》の背中《せなか》に、李乃《りの》はそっとつぶやく。

空はどんよりとくもったまま、夕やみにしずんだ。


夕食を食べ終わったとき、父さんが出張《しゅっちょう》から帰ってきた。

「おかえり、おかえり、おかえりなさーい！」

由宇がぴょんぴょん跳《は》ねながら、父さんにしがみつく。

「まあまあ、おつかれさま、雨にふられなかった？」

エプロンでぬれた手を拭《ふ》きながら、おばあちゃんが言った。

「かなりのふりだったから電車の運休もあったようですが、さいわいたいしたことはなくて……。おばあちゃんがいてくれたからよかったな、由宇。」

父さんは疲《つか》れた顔で、それでも由宇の頭をなでながら笑顔を浮《う》かべた。

あの事故《じこ》の夜も、父さんは出張《しゅっちょう》で家にいなかった。知らせを聞いて急いでもどった父さんは、布団《ふとん》に横たわる母さんの横で、にぎりこぶしでなんども涙《なみだ》をぬぐっていた。

「おれは、何をやってきたのかなあ、人の命を救うために医薬品を提供《ていきょう》していたって、家族の命を守れないようじゃあ、なんにもならんなあ。」

絞《しぼ》り出すような父さんの声、今でも、李乃の耳にはっきりと残っている。

「そんな仕事やめちゃえばいいじゃん、もっと楽な仕事はいっぱいあるじゃん。」

うなだれた父さんの背中に向かって李乃が言ったら、父さんは驚《おどろ》いたようにふり返った。

「……ああ、本当だな……、そのとおりだな。」

力なく笑うと、とんとんと李乃の頭をつついた。でも、それだけで終わり、父さんは今も変わらず、営業の仕事を続けている。

湯飲み茶わんにお茶をついであげたら、父さんが顔をあげた。

「すまんな、李乃……、由宇のこと、たのむな。」

父さんが小声で言った。

このごろ、めっきりと白髪《しらが》がふえた父さん。しょぼくれた父さんを見てると、父さんまで消えちゃいそうで怖《こわ》くなる。

「だいじょうぶ、まかせて。それより父さんの方が心配。」

むりに笑ってみせる。父さんも力なく笑った。

父さんもどこかに、『おしいれの部屋』があるのかもしれない。

また頭がくらんとゆれる。そういえば、このところ、こんなことが多くなった気がする。

「私の『おしいれの部屋』は、どこにあるのかな……。」

どんよりと曇《くも》った夜空を見あげながら、李乃《りの》はつぶやいた。

二・しだれ桜《ざくら》

長野県の南、天竜川を中にして広がる伊那谷《いなだに》の村に、おじいちゃんとおばあちゃんの住む家がある。河岸段丘《かがんだんきゅう》のこのあたりは、リンゴ畑などの果樹園《かじゅえん》が多い。おじいちゃんの家は、そんな段丘の上にある。

リビングの窓《まど》を開けると、眼下《がんか》にはゆったりと流れるダークグリーンの天竜川、その向こうに、頂上《ちょうじょう》にかすかに雪を残した赤石の山々が遠く連なっているのが見える。

四月から通い始めた森丘《もりおか》小学校は、段丘のちょうど中ほどに見えている。朝日があたると赤い屋根がチカリと光る、木造校舎の学校だ。

全校児童が百人にみたない小学校で、五年生は男女合わせても十八人と少ない。一クラスしかないから、三日もすると李乃はクラスの友だちの名前と顔だけはわかるようになった。

一年生の由宇《ゆう》のクラスは十二人で、李乃のクラスよりさらに少ない。

引っこしを終えるとすぐにおしいれに段《だん》ボールを持ちこんで、『おしいれの部屋』を作った由宇《ゆう》だけど、心配するほどのこともなく、入学式の日からすんなりとクラスになじんだ。

入学式から五日、やっとむかえた日曜日。

めまぐるしい日々に、李乃《りの》は息をつくひまさえなかった。

だから朝寝坊《あさねぼう》をしようと決めこんでいたのに、こんな日にかぎって朝早くから李乃の目は覚めてしまった。由宇はさすがに一週間の疲れが出たらしく、ベッドからずり落ちそうなかっこうのまま眠《ねむ》っている。

「そうだ、すっかり忘《わす》れてた、しだれ桜《ざくら》にあいさつしなくちゃ。」

母屋《おもや》の裏側《うらがわ》にあるしだれ桜《ざくら》、樹齢《じゅれい》百年はこえているという、大きな古木。毎年あざやかなピンクの花を咲《さ》かせ、静かに立っている。

そのしだれ桜を見ることが、李乃の田舎《いなか》に来る一番の楽しみだったのだ。

ここに来てからずっと、毎日があわただしくて、ゆっくりしだれ桜を見るよゆうがなかった。花が咲いているのさえ気づかずにいた。

李乃《りの》はおばあちゃんたちを起こさないように、足音をしのばせて裏庭《うらにわ》に回る。

ひんやりとした空気がほほに気持ちいい。林の中から鳥のさえずりが聞こえる。

この林の中には、どれだけの鳥たちが住んでいるんだろう。

姿《すがた》は見えない声だけの鳥たち……、李乃は林に目をこらしながら裏庭に回る。

どんと姿をあらわしたしだれ桜《ざくら》の前に、人影《ひとかげ》が見えた。

身じたくを終えたおじいちゃんが、しだれ桜を見上げて立っていた。

「ああ、李乃か、今朝はまた、ずいぶん早いなあ。」

おじいちゃんが驚《おどろ》いてふりかえった。

おじいちゃんの後ろで、淡いピンクの花びらを広げたしだれ桜が、小さく枝《えだ》をゆらした。

「ああ、おどろいた。おはよー、おじいちゃんったら、早起きだね。」

李乃はおじいちゃんのとなりにならぶ。

「ああー、しだれ桜って、やっぱりいいなあ。空から舞《ま》い降《お》りてくる天女様か、お姫《ひめ》様みたい。」

李乃はしだれ桜に近づくと、大きく息を吸《す》った。ほのかに甘い香りがする。花びらの淡《あわ》いピンクと木肌《きはだ》のこげ茶色は、いつ見ても最高の組み合わせだと思う。下に向かってのびた枝は、おじぎをしているみたいでおもしろい。

「ははは、天女様なあ、お姫様なあ。李乃はなかなかいい目をしてるな。」

おじいちゃんは杖《つえ》に両手をそえると、反り返るようにして笑った。

「樹齢《じゅれい》百年は過《す》ぎているだろうな、毎年みごとな花を咲かせるたいした姫だ。」

おじいちゃんは手であごをさすりながら、目を細めた。

満足そうなおじいちゃんの笑顔、たれさがった目じりのしわも、深くきざまれたおでこや口元のしわも、全部がおじいちゃんをやさしく見せる。

大工の棟梁《とうりょう》として、長い間休みなく働いてきたおじいちゃん。今年で六十八歳《さい》になる。

でも、去年おじいちゃんは、建設中の屋根から足を踏《ふ》み外してすべり落ちた。そのときのけがもとで、杖がないと歩けないようになった。

大工をやめたおじいちゃんは、今は家でのんびりと過ごしている。

突然《とつぜん》、おじいちゃんはにんまりして李乃《りの》を見た。

「李乃、いいこと教えてやろうか。」

もったいぶったおじいちゃんの笑顔、こういうときは、たいていそのあとに、すごく楽しいことが待っている。

「いいことって、なに？　なに、なに、聞きたい。」

李乃はのびあがって、おじいちゃんの口もとに耳を近づける。

「あっ、ひきょうだー、そんなのないぞ、おねえちゃんばっかずるいぞ。ぼくだって、いいこと聞きたいもん。」

まだ寝《ね》ているとばかり思っていた由宇《ゆう》が、寝ぼけ顔で、それでもほほをぷーとふくらめて立っている。

「すまんすまん、そうだ、そうだ、そのとおりだな。」

おじいちゃんは由宇に手まねきをした。

「由宇と李乃に、とっておきのいいことを教えてやろうかな。」

おじいちゃんは得意そうに胸《むね》をはった。

「昔な、この木には、ゴロスケが住んでいたんだよ。」

「はあー？　ゴロスケー？」

由宇が目をまん丸にして、おじいちゃんを見あげる。

「あーあ、ゴロスケだ。」

おじいちゃんは両手を口にあてると、大きく息をすった。

「ホーホー、ホロスケ　ホーホー　ホロスケ　ホーホー。」

おじいちゃんはよく通る声で、歌うように言った。

どこかで聞いたことがある、これは鳥の鳴き声？

「あっ、わかった、フクロウだ！　テレビで見たことがあるもの。でも、なんでゴロスケ？」

「鳴き声の『ホロスケ』が、ときどきゴロスケに聞こえてな。あいつはきっと、しゃがれ声のフクロウだったんだろうな。ゴロスケ……、どうだ、いい名前だろ。」

おじいちゃんは、しだれ桜のまん中あたりを指さした。

「ほら、あそこの幹《みき》にあるこぶの所に、ゴロスケの家族はくらしてたんだ。昔は中に大きな穴《あな》があいていて、ヒナを育てるのにちょうどいい巣になっていたんだ。」

Ｌ字型にのびた母屋《おもや》のはしのお風呂《ふろ》の近くに桜《さくら》はあって、大きくはった枝《えだ》が、屋根の半分ほどをおおっている。

その幹《みき》の、ぼこっとこぶみたいなのができているあたりのことらしい。

でも、そこはちょうどお風呂の煙突《えんとつ》の煙《けむり》が届くところだ。

「ええー、あんな所にフクロウがいたの？　だって煙突があるよ、あぶないじゃん。」

「そりゃあおじいちゃんだって、ゴロスケのやつ、煙にいぶされはしないか、熱くないかと心配したさ。」

おじいちゃんは、遠い昔をなつかしむようにしだれ桜を見あげた。

こんな所で、ヒナを育てていたの？

熱くなかったのかな、そばに人がいるのに怖《こわ》くなかったのかな？

そもそも、フクロウってどんな所に住んでいたっけ、どんな顔してたっけ？

李乃《りの》はフクロウの姿《すがた》や顔を思い出そうと、目を閉《と》じる。動物園のフクロウなら見たことはある。でも、ああフクロウだなって思っただけで、素通《すどお》りしてた。だからはっきりとは思い出せない。

林や森に囲まれたおじいちゃんの家の周りからは、いろんな鳥たちの、甲高い声、太い声、リズミカルな声、人間の言葉みたいなゆかいな声と、様々なさえずりが聞こえてくる。

でも、フクロウなんて鳴いてたかな、どうやって鳴くのだろう。

いくら考えても、このあたりにフクロウがいるってことがピンとこない。

「まあなあ、それも、昔、昔のことだ。」

おじいちゃんはちょっとさびしそうに笑った。

「昔って、いつごろのこと？」

「うん？　そうだなあ、千香子《ちかこ》が、ああ、おまえたちの母さんがまだ小さなころだから、もう三十年以上前になるな。」

「それじゃあ、母さんもゴロスケを見たの？」

「千香子が保育園のころから、嫁《よめ》にいくころまでかなあ、毎年ゴロスケたちはここにやってきてたな。千香子はゴロスケたちに育てられたみたいなもんだ。」

「ゴロスケに育てられるって……母さんが？」

李乃《りの》は不思議そうにおじいちゃんを見上げた。

「ゴロスケが樹洞《じゅどう》に帰ってくると冬も一緒《いっしょ》にやってくる。ヒナが生まれた頃《ころ》には、花々が咲《さ》き出す春が来る。そうして夏の暑い盛りを親子で過《す》ごして、秋に親からはなれてひとりだちして自然に帰っていく。そんなゴロスケたちは、家族のようなもんだったな。」

おじちゃんはなつかしそうに目を細めた。

胸《むね》がくすぐったい。突然《とつぜん》とび出した母さんの名前、李乃の知らない母さんの歴史。母さんはここで生まれて、育って、父さんのお嫁《よめ》さんになった。その間、ゴロスケを見つめてきたんだ。

今はもう聞けないけど、知りたい、母さんのこと、ゴロスケのこと。

でも、おじいちゃんはふいにさびしそうに目を落とすと、しだれ桜《ざくら》に背《せ》を向けた。

一瞬《いっしゅん》、時が止まったように静けさが広がる。

気配を消していたかのような鳥たちのさえずりが、裏庭《うらにわ》に続く林の中からまた聞こえてくる。

「昔、昔、おじいちゃんの家の桜《さくら》の木に、ゴロスケという名前のフクロウの家族が住んでいました。」

しだれ桜をだまって見あげていた由宇《ゆう》が、ふいに、ロボットみたいな口調《くちょう》で言った。

それから、まばたきもせず、じっとしだれ桜を見つめていた。


台所に行くと、おばあちゃんが朝ご飯の用意をしていた。

「ね、おばあちゃん、しだれ桜にいたフクロウたちは、もうここには来ないの？　どうして来なくなっちゃったの？」

「フクロウたち……？　もしかして、ゴロスケのこと？　だれに聞いたの？」

おばあちゃんは不思議そうに首をかしげた。

「今ね、おじいちゃんが言ってたから。」

おばあちゃんは「ああ」と言いながらうなずいた。

「あのこぶは、枝が幹《みき》の所から折れて穴《あな》が開いたあとなんだって。そこからだんだんくさり始めて、中に大きな洞《うろ》ができたんだって。ゴロスケはそこを巣穴《すあな》にして卵《たまご》を産んで育てたそうだよ。」

「じゃあ、自然が作り出したゴロスケたちの部屋！　でもどうして来なくなったのかな。」

「なんでも、入り口の表皮がもりあがってきて、穴がふさがれちゃったそうだよ。中の洞もふさがってきているだろう。もうどうにもならんのだって、おじいちゃんがさびしがってたからね。」

自然の力でできた洞、自然の力で消えた洞……、そこに住んでいたゴロスケ家族。今はどこにいるんだろう。

「千香子《ちかこ》もね、おじいちゃん以上にゴロスケに夢中《むちゅう》だったけど……」

おばあちゃんはすんと鼻をすすると、切りかけのタマネギをいきおいよく切り始めた。

おじいちゃんもおばあちゃんも、それ以上は言わない。李乃《りの》もそれ以上は聞けない。今はまだ、母さんの面影《おもかげ》をさがすのがつらい。きっと、おじいちゃんたちも同じなんだ。

窓《まど》から外を見ると、由宇《ゆう》がしだれ桜の前で、さっきのまま立っている。

じっとしたままの由宇が気になって、李乃はまた裏庭にまわった。

「どうしたの、足に根っこでも生えたみたいにじっとして。なにかいるの？」

由宇の視線《しせん》をおって、李乃は樹洞《じゅどう》のあたりをのびあがって見る。

「なにもいないじゃない、あっ、まさか由宇ったら、ゴロスケのまねをして、今度はあの洞を部屋にしようなんて考えてないよね。」

由宇をこづいたら、白目だけ李乃に向けて、べえっと舌を出した。

三・鳥博士《はかせ》

寒い、今朝は冬に逆もどりしたみたいに寒い。

どんより曇《くも》った空から、綿虫《わたむし》みたいな雪が、ふわふわと舞《ま》い落ちてくる。

見上げていると、雪はふわりと顔に舞い落ちて、休む間もなく消えていく。

その冷たさが気持ちよくて、李乃はずっと空を見上げながら学校に来た。

「おはよー、四月なのに雪が舞うなんて驚《おどろ》いたでしょ。」

席に着くと、となりに座《すわ》っている澪《みお》が、笑いながら声をかけてきた。

「ほんと、びっくり、雪がふるんだもの。ずっと雪ばかり見ながら来たから、顔が冷たい。」

「ほんとだ、ほほが真っ赤だものね。」

澪が片えくぼをうかべてにっこりした。

ポニーテールにゆった栗色《くりいろ》の髪《かみ》が、ふわりとゆれる。色白のほほ、大きな瞳《ひとみ》は人形みたいでかわいい。澪は見かけどおり、性格《せいかく》もおっとりしていてやさしい。

澪の笑顔と、のんびりとした声は、李乃の心をいつもほっとさせる。

転校してきたばかりの李乃を気づかって、澪はよく声をかけてくれた。学校の日課のことも、本の貸《か》し出し方法のことも、給食エプロンや運動服のことも、なんでも澪は気軽に教えてくれた。

だから学校にいても、李乃は友だちと別れてきたさびしさや新しい生活への不安は、ほとんど感じないでいられたのだ。

机《つくえ》の上に置かれた澪の図書袋《としょぶくろ》は、花と鳥がおり込まれたピンク色の袋だ。ピンクの花と鳥を見ていたら、しだれ桜《ざくら》とゴロスケのことを思い出した。

「ねえ、この辺にフクロウっている？」

袋を拾いながら澪に聞く。

「フクロウ？　うーんと、いると思うよ、鎮守《ちんじゅ》の森で鳴き声を聞いたことがあるから。」

澪は、唇《くちびる》をちょっとすぼめて小首をかしげた。

「鎮守の森って？」

「李乃《りの》さんの家の裏側《うらがわ》から、大きな森が見えるでしょ。そこが伏屋《ふせや》神社のある鎮守《ちんじゅ》の森よ。」

裏庭《うらにわ》に続く林のずっと先に、深い緑のかたまりのような森が見えていた。その森のことらしい。

「やっぱりフクロウって、ゴロスケ　ホーホーって鳴くの？」

李乃はおじいちゃんのまねをして、唇《くちびる》をとがらせた。澪《みお》は目をまん丸に見開くと、声をあげて笑い出した。

「ホッホー　ホロッコ　ホーホーとか、ホッホッホッホッホとかなら聞いたことあるよ。」

澪も唇をとがらせて、フクロウの鳴きまねをする。やさしくて上品なフクロウだ。

「澪さんが聞いたフクロウは、ホロッコって鳴くのね。おじいちゃんのはゴロスケなの。昔母屋《おもや》の横の桜《さくら》の木に、毎年やってきて子育てをしていたんだって。」

「ゴロスケかあ、かわいい。でもいいな、私は声は聞いても野生にいるフクロウは一度も見たことないから。」

「私は聞いたことも、見たこともないよ。」

二人で顔を見合わせて笑った。

「フクロウって夜行性《やこうせい》だっけ？　声が聞こえても姿《すがた》が見えないなんて、忍者《にんじゃ》みたいでかっこいいね。」

「そうだと……思う。きっと、慧《けい》君ならくわしく知っていると思うけど。鳥博士《はかせ》って呼《よ》ばれているから。」

「鳥博士の慧君？　そんな子、このクラスにいたっけ？」

ざっと教室に目をやる。男子とは話したことはないけれど、名前だけは知っている。

その中に、慧という名はなかった気がする。

「あっ、六年生なの、山村留学生《さんそんりゅうがくせい》。佳夢里荘《かむりそう》に住んでいるの。」

澪は、机《つくえ》の上に指で、『佳・夢・里』と書いた。

佳夢里荘……？　引っこしの荷物を運ぶとき、そんな看板《かんばん》を、おじいちゃんの家の近くで見た覚えがある。むずかしい漢字だけど、夢《ゆめ》の里みたいな響《ひび》きが気に入って覚えていた。

「ここも児童の数がへってきているから、都会なんかから田舎《いなか》の生活を体験したいって子どもを募集《ぼしゅう》しているの。けっこう人気があるらしくて、毎年八人くらいは森丘《もりおか》小学校にも通っているの。たしか慧《けい》君は、今年で三年目かな。」

澪《みお》さんは指を折って数えると、自信ありげにうなずいた。

六年なら隣《となり》の教室だ。李乃《りの》はしぶる澪をさそって、六年生の教室をのぞいた。

たった一つしか歳《とし》が違わないのに、六年生の教室は、ちょっぴり大人の感じがして怖い。女子が三人なにかを見ながら話している。男子が二人、水そうをのぞき込んでいる。

「あれ、だれかに用事でもあんの？」

ふいに、後ろから声をかけられた。短い髪《かみ》のてっぺんだけツンツンとたたせた少年が、目をくりくりさせながら立っている。

「あの……相原《あいはら》、慧《けい》君は……。」

澪が消え入りそうな声で聞いた。

「慧？　慧ならいないよ、今日もたぶん休みかな。あいつ風邪《かぜ》ひいたんだって、山で鳥ばっかり追いかけてるからな。ひょっとして今日も山にいたりして。」

その子は手をかざして山を見ると、にっと笑った。

結局、それ以上の情報《じょうほう》は得られなかった。


裏庭《うらにわ》にどっしりと立つしだれ桜《ざくら》。

空っぽの樹洞《じゅどう》が、心なしかさびしそうに見える。

裏庭《うらにわ》から続く雑木林《ぞうきばやし》の向こうに、もっこりと緑のかたまりが見える。あれがきっと鎮守《ちんじゅ》の森だ。あの森に行けば、本当にフクロウにあえるんだろうか。夜行性《やこうせい》のフクロウは見られなくても、巣穴《すあな》になる洞《うろ》くらいは見つけられるかもしれない。

由宇《ゆう》は珍《めずら》しく、おばあちゃんといっしょに買い物に出かけた。おじいちゃんは使わなくなった大工道具をひっぱりだして、手入れをしている。

ひまなのは李乃だけだ。宿題は終えたし、特にやることもないし。ならば探検《たんけん》してみようか、鎮守の森を……。

李乃は迷《まよ》いながらも、裏庭に続く雑木林に足を踏《ふ》みいれた。

人の足でふみ固《かた》められてできた、細い山道にそって歩く。

ブナやコナラがふり落とした葉が、しっとりとしたじゅうたんのようにしきつめられている。それが歩くたびに、あたり一面にかさかさと音を響《ひび》かせる。

木がたおれていて、小道をふさぐ。それをまたいでやっと前に進む。右手奥《おく》で、ガサッと大きな音がした。立ち止まって耳をすます。

静まりかえった林の中、そのうち、いくつもの鳥のさえずりが聞こえてきた。

ギャーギャー、ピピピピ　ピーチピーチ、スイッスイッ　ヒュウルルル……

なんてたくさんの鳥たちが住んでいるんだろう。外から見たら何もいないように見えたのに、何もさえずっていないように思えたのに。

おじいちゃんが言うように、大昔はこの森も、たくさんの鳥やけものたちが運ぶエサやフンから生まれた草木が育ってできた、小さな小さな森だったんだろうか。李乃《りの》は不思議な気持ちであたりを見わたす。

と、すぐそばで、ガサッと大きな音がした。

「何かいるのかな、クマ？　それともサル？」

勇気がなえる。いつでも引き返せるように身がまえた。

「あれ、なんだろ？」

少し先の背《せ》の高い木の幹《みき》に、巣箱がすえつけられている。小道をさけて、巣箱は奥《おく》へ奥へとすえられている。

「こんな所にだれがつけたのかな。」

三メートル以上はある高い所で、枝《えだ》のない幹《みき》に、針金《はりがね》でしっかり固定《こてい》してある。小さいのから、ランドセルの大きさくらいまで、大きさはさまざまだ。

でも、入り口の丸い穴《あな》はゆがんでいたり屋根がずれていたりして、どれもあまり上手とはいえない巣箱だ。

ヒナがいるのかな、李乃《りの》は中をのぞいてみたくなった。でも、足をかけられる枝がない。李乃はあてもなく、巣箱の周りをうろうろ歩き回った。

カサ　カサ　カサ
また、どこからか音がした。でも、今度のははっきりと聞こえてくる。それもだんだん大きくなってくる。クマかもしれない、足がこわばって急に動けなくなった。

と、急に曲がり角から人影《ひとかげ》がおどりでた。

色あせた紺《こん》の野球帽《やきゅうぼう》を、つばを後ろにしてかぶった少年が立っている。紺のパーカーにカーキ色の綿パンにスニーカーのその少年は、李乃より少し背《せ》が高い。長めのストレートの髪《かみ》、黒目の大きな切れ長な目、日に焼けた顔、鼻筋《はなすじ》の通ったすっきりとした顔だち。林になじんでいて、木立みたいに立っている。

「……っと、びっくりしたあ。」

少年は目を大きく見開いて、口をぽかんとあけた。

それから、さぐるようにじろじろと李乃を見た。

「あっと、そのブナの木の巣箱には近よらないでね、鳥たちが驚《おどろ》くから。」

少年は、李乃の手元をちょんちょんと指さした。

気づかないうちに、ブナの木にしがみつくようにして李乃は立っていた。顔が熱くなる。ブナの木からあわててとびのいた。

「あ、あの……ごめんなさい、巣箱がたくさんあったから、つい……。」

「そ、いい感じでしょう。製作者はぼく。でも空ぶり。鳥がよってこないんだ。」

少年はまゆ根《ね》をよせて巣箱を見あげた。

ふいにひらめいた、もしかしてこの少年が、澪《みお》のいう慧《けい》という人だろうか？　でも、慧なら風邪《かぜ》をひいて学校を休んでいるはずだ……。

「もしかして、あなたが慧君？」

李乃《りの》の問いかけに、少年は二重も豆鉄砲《まめでっぽう》を食らったハトのように、目も口も丸くした。

「そう、ぼくは相原慧《あいはらけい》だけど？　そんなに有名人だったっけ？」

「あ、私、村下李乃《むらしたりの》、五年生。四月から転校してきて、おじいちゃんの家に住んでいるの。おじいちゃんの家はすぐそこ。」

木立の間から見えるおじいちゃんの家を指さす。

「おじいちゃんって、もしかして、新家《あらや》の棟梁《とうりょう》のとこ？」

新家はおじいちゃんの家の屋号だ。それに、おじいちゃんが新家の棟梁って呼《よ》ばれるのは、小さい頃からときどき聞いて知っていた。

李乃がうなずくと、慧は「ヒョー」と、鳥みたいな声を出した。

「ぼくは棟梁《とうりょう》の一番弟子、のつもり。棟梁に教わったんだ、この巣箱の作り方。」

慧《けい》はうれしそうに巣箱を見上げた。

「おじいちゃんの弟子って、いつから?」

「ぼくがここに来たときだから……、もう丸二年。」

慧はピースをするみたいに、指を二本立てて左右にふった。

「仕事をしてるときの棟梁はすっげーかっこよかった。あまった木や廃材《はいざい》で、色んな物作っちゃうんだ。それに手ぬぐいをきりっと頭に巻いて、どんな高いところでもすいすい歩くんだ。」

慧はおじいちゃんのまねをして、林の中を足音をしのばせて歩く。

だから、屋根から落っこちちゃったんだ、おじいちゃん……。急にだまりこんだ李《り》乃《の》に気づいて、慧は足を止めた。

それから空を見上げて、「ピュルルルー」と口笛《くちぶえ》を吹《ふ》いた。

それに答えるみたいにして、鳥たちがいっせいにさえずり始めた。

「すごい、鳥と話せるみたい。」

「すごくなんかないさ。いつも鳥のことを見てれば、鳥まねもうまくなるって。」

慧はにやっと笑って胸《むね》を張《は》った。

「もしかして、ここにはフクロウもいるの？」

「フクロウ？　うーん、いないいな、ここには。でも、幽霊森《ゆうれいもり》にはいる。」

「幽霊森？」

「うん、鎮守《ちんじゅ》の森の奥《おく》にある天然林のことさ。佳夢里荘《かむりそう》の私有林になってるんだ。」

「佳夢里荘って、山村留学《さんそんりゅうがく》センターの？」

「そっ、よく知ってるじゃん、ぼくはいまそこにいるんだ。なんたって、自然学習ができるところが最高なんだ。」

慧は、鎮守の森を指さしてにんまり笑った。

「天然林ってなに？　それに、どうしてそこが幽霊森なの？」

李乃には聞きなれない言葉ばかりで、聞きたいことが次々とわき上がる。そんな李乃を、目をぱちぱちさせて慧は見返した。

「天然林は人の手が入らない自然にできた森のことさ。だからいろんな木が生えてるよ。マツやコナラや、カシの木やブナ、シイやシラカバや、それからアカマツなんかも生えてるかな。」

慧《けい》はちょっと考えるように首をかしげて、それからこくこくとうなずいた。

「とにかく、雑草《ざっそう》や雑木《ぞうき》なんかが密生《みっせい》した暗い森だから、生き物もあまり近づかないんだ。だから幽霊森《ゆうれいもり》、でも、フクロウだけは早くから住みついているんだ。」

幽霊森にフクロウ……、いやな予感がする。

「本当は今日も行きたいんだけどな……、八木さんに叱《しか》られるからな。」

慧は肩《かた》を落とすと大きなため息をついた。

「風邪《かぜ》をひいて学校を休んだくせに、なにやってんだ！　ってさ。八木さんってセンター長さん、学校の校長先生みたいな感じ。怒るとめっちゃこえーからさ。」

慧は、急にわざとらしいせきをした。

「そろそろ帰らなきゃ、こっそり抜《ぬ》け出してきたからね。聞きたいことがあったらなんでも言って。それまでに風邪、なおしとくからさ。」

そう言うと、鳥のような素早《すばや》さで、今来た道をかけだした。

幽霊森と聞いて、行く気をなくした。でも、鎮守《ちんじゅ》の森はすぐそこだ。

「外から見るだけならだいじょうぶよ。」

雑木林《ぞうきばやし》を抜ければ民家が見える。近くに人が住んでいると思うだけで心強い。

田んぼの間の小道を通っていくと、神社の石段《いしだん》の前に出た。それをのぼると、こじんまりとした社が見えてくる。

右の狛犬《こまいぬ》のそばに大きな木があって、高いところにこぶのようなふくらみが見えた。

神社の周りには似《に》たような大木が何本もあって、そのほとんどが洞《うろ》を持っているらしい。

でも、フクロウのいる気配はない。

神社の裏《うら》に回ると、その奥《おく》にうす暗い森が続いている。慧が言ってたとおりだ。うっそうとした森の中の地面は、低木やクマザサが生いしげっていて、かき分けていかないと進めそうにない。

「幽霊森かあ……、こんな所に本当にフクロウがいるのかな。」

静けさがたばになって押《お》しよせてくる。すぐ近くで、カラスがふいに飛び立った。

全身に鳥肌《とりはだ》が立った。怖《こわ》いと思ったとたん、李乃《りの》の体が震《ふる》えだした。

「幽霊森《ゆうれいもり》、幽霊森、ここは本当に幽霊森だ……！」

後ろも見ずに、一目散《いちもくさん》に神社の石段《いしだん》を目指す。そのとき、かすかに森の奥から声がした。

ホホホホホー　ホホホホホホホー
くぐもった小さな声、あの声は、幽霊の笑い声？　それとも、フクロウ？

たしかめようか、と思ったのはほんの一瞬《いっしゅん》、せまりくる恐怖《きょうふ》に押《お》されて、李乃は転がるように石段をかけおりた。

四・ゴロスケ

朝起きると、静かな雨がふっていた。

でも雨は知らないまにやんで、今はところどころに青空が顔をのぞかせている。

おしいれの部屋に、入ったり出たりをくりかえしていた由宇《ゆう》は、窓《まど》からしばらく空をながめていたけれど、そろりそろりとランドセルをしょって家を出た。

今日から一週間、春の交通安全週間にあわせて集団登校が始まるからだ。

集合場所の蓮池《はすいけ》に行ったら、佳夢里荘《かむりそう》の子どもたちがいて、その中に慧の姿《すがた》が見えた。

「よう、棟梁《とうりょう》の孫！　あれ、こいつ、おまえの弟なの？」

慧は由宇を見て、にこにこしながら近づいてきた。

由宇は目をいっぱいに見開いて、口をつぼめるおどけた顔をした。由宇のうれしいときの顔だ。

「おまえじゃなくて、私には村下李乃《むらしたりの》っていう名前があります！　でも、なんで？　由宇《ゆう》のこと知っているの？」

「由宇っていうんか、こいつ。この前、木の穴《あな》にかたっぱしから手をつっこんで歩いてたから、おれが怒ってやったんだ。」

由宇は慧《けい》に向かって、軽くパンチをはなった。慧は大げさにのけぞって倒《たお》れるまねをした。それを見て、由宇が声をあげて笑った。

びっくりだ、由宇が声をあげて笑うなんて、今までに数えるしかなかった気がする。

「おーい、慧班長《けいはんちょう》、そろったみたいだから早く出発してくれー！」

蓮池《はすいけ》の前に、みんなが一列にならんでいる。

佳夢里荘《かむりそう》のメンバーと、李乃と由宇と知らない子が三人の、十三人だけらしい。

「わるいわるい、ということで、それではシュッパーツ！」

慧はランドセルをがちゃがちゃ鳴らしながら、列の先頭に走っていく。

「なんで木の穴なんか、手を入れて歩いてたのよ？」

急に元気づいた由宇に、李乃は小声で聞いた。

「うん？　フクロウがいるかなーって思ってさ。」

「そんな所にいるわけないでしょ、怒られるのはあたりまえよ。」

「怒られてなんかないよ、今度フクロウの巣を見せてくれるって。」

「はー、いつのまにそんなこと……。それになんでフクロウなのよ。」

由宇が急に立ち止まるから、ぶつかって転びそうになった。由宇はうつむいて唇《くちびる》をとがらせている。

「だってフクロウ、見たいんだ……。」

由宇はにぎりこぶしに力を入れた。しだれ桜《ざくら》の洞《うろ》を、じっと見つめていた由宇の姿《すがた》が重なる。

あのとき、由宇は洞を見ながらなにを思っていたんだろう。

もしかして、母さんの面影《おもかげ》……？

「そっ、そうか……そうだよね。でも、あぶないからダメ、って言うところだけど、一つだけ条件がある。」

由宇は急に目をかがやかした。

「もし行くとしたら、おねえちゃんも一緒《いっしょ》に行くこと、それならいいよ。」

由宇《ゆう》はがくっとずっこけるまねをした。

「しょうがないな、たのんでやるよ、博士《はかせ》に。」

「博士？」

「うん、あの人すごいんだ。鳴き声だけで、なんの鳥か分かっちゃう。鳥博士なんだって。フクロウとは、一番の仲良しなんだって。」

意外な方向から、フクロウが急接近してきた。

「おーい、そこの転校生、あいだ、あけるなあー。」

先頭で慧《けい》が叫《さけ》んでいる。気がつけば二人だけ、ぽつんと置き去りにされている。

李乃と由宇はかけ足で、やっと列に追いついた。


家に帰ると、由宇はもう帰っていて、ランドセルが玄関《げんかん》にころがっていた。

「ただいま、あれ、由宇は？」

「帰るなりおじいちゃんにくっつきっぱなしで、ランドセルもかたづける時間がおしいらしいのよ。」

おばあちゃんが、台所から顔だけを出して笑った。

裏庭《うらにわ》に回るとおじいちゃんが、納戸《なんど》に入ってごそごそしていた。由宇はその回りをチョロチョロと動き回っている。

おじいちゃんは几帳面《きちょうめん》だから、納戸の中だっていつもきれいだ。ただ、入り口近くに積まれていた段《だん》ボールの中を整理しているらしい。

おもしろそうだから、李乃もしばらく見物することにした。

箱からは、本やノートやアルバムの他に、パネルにはったたくさんの写真や絵が出てきた。

「あれ、これは庭のしだれ桜?」

白いフレームに、A4ノートくらいの大きさの写真。うす闇《やみ》の中に、ピンクの花をつけたしだれ桜がぼんやりと映《うつ》っている。ちょうど今くらいのころの写真だ。

「ああ?　ああ、それな。まん中のあたりをよく見てみろ。」

しだれ桜の下側に母屋《おもや》の屋根、枝の間からお風呂《ふろ》の煙突《えんとつ》がうすく見える。

太い幹《みき》の真ん中はぽこんとふくらんだこぶ。ゴロスケの巣穴《すあな》のあたりだ。そこに黒っぽい小さなかたまりが見える。

わずかに見てとれる、茶色のはんてん、光る二つの目、白っぽいくちばし……って、これってフクロウ？

「見えるだろう、ゴロスケが。おまえたちの母さんが子どものころにとった写真だ。」

おじいちゃんは作業の手を止めて、天井《てんじょう》をあおいだ。

「ゴロスケが通うようになって、三年目の写真かな。千香子《ちかこ》が一年生になったばかりのころだったから。」

母さんがとった写真？　李乃《りの》の胸《むね》がコトンとはずむ。由宇はのびあがって写真を見た。

「すごーい、これを母さんが写したの？　ぼくと同い年のときに？」

由宇が目をみはった。

「このアングルは、どこかな？　由宇、この場所見つけよう。」

写真を持って、しだれ桜にかけよる。由宇がネズミみたいな素早《すばや》さで、李乃の後を

追いかけてきた。

しだれ桜《ざくら》の前に立って、写真と同じ角度をさがす。しだれ桜が真ん中に位置する場所はすぐわかった。親指と人差し指で四角を作って、由宇《ゆう》くらいの背丈《せたけ》にしゃがんでみる。

三十年の時はたっているけれど、写真とそっくりのアングルが見つかった。不思議なことに、しだれ桜は昔も今も変わらない姿《すがた》で立っている。

ここにまちがいない。ここに母さんは立って、ゴロスケを写した。

「ね、おじいちゃん。他にもある？　ゴロスケのことが分かるもの。」

「ゴロスケかあ？　そうだなあ、その辺さがせばなにか出てくるだろう。」

おじいちゃんの本棚《ほんだな》には、建物の本や建築関係《けんちくかんけい》の辞典みたいな本がぎっしりつめこまれている。

その一番上の段《だん》に、水色の表紙の古びたアルバムと、切り抜《ぬ》きやプリントがはられたぶ厚い大学ノートが数冊ならんでいる。

李乃《りの》は、古びたアルバムに手をのばす。普通《ふつう》のアルバムより、ずいぶん厚い。一枚一枚がふくらんでいる。角がこすれて丸くなり、端《はし》がすり切れてめくれ上がっている。さわるとバラバラになりそうだから、そっと棚から引き出した。

「あれ？　ゴロスケ日記って書いてある！」

表紙のところに、青いマジックで書かれた子どもの字。その下に、『一年・おかのちかこ』と名前が書かれている。

「これは、一年生の時の母さんの字？　由宇よりずっときれいな字だね。あっ、でも、なんで日記なのかな？」

『ゴロスケアルバム』と書くところをまちがえたんだろうか。不思議に思いながら、李乃は中を開く。ぷーんとかびくさいにおいがたちこめた。

「うわあ、しだれ桜と大杉と、ゴロスケたちの写真がいっぱい。ねっ、おじいちゃん、これ、全部母さんがとったの？」

どのページも、少しずつ姿を変えたフクロウの写真でいっぱいだ。

「あははは、毎日あきもせず、ゴロスケをながめては写真をとっていたからな。」

「毎日？　日記みたいだね。ああ、だから母さんはアルバムじゃなくて、ゴロスケ日記にしたのかな。」

おじいちゃんは目を細めてうなずいた。

「母さん、ぜんぜん言ってなかったよ、ゴロスケのこと。どうしてかな？」

田舎《いなか》の思い出話はきいたことがある。でもその中に、ゴロスケのことはなかった気がする。

「ゴロスケがいなくなって一番さびしがったのは、千香子《ちかこ》だったからな。おまえたちがもう少し大きくなったら言おうと思っていたんだろう。」

そういうと、おじいちゃんはまた忙《いそが》しそうに片づけの手を動かした。

三枚目に少し大きな写真がはられていた。大杉の写真だ。

「これは、家の角のところの大杉？　そうだよね、今とほとんど変わってないし。」

「ああ、母屋《おもや》の反対側に見える大杉だ。ゴロスケはいつもあそこに止まって、家族を見守っていたんだ。」

おじいちゃんが指さす先に、しだれ桜《ざくら》と同じくらい古そうな杉の木が立っている。

「ゴロスケって、お父さんフクロウのことなの？」

「ははは、家に通ってきていたフクロウ家族の名はみんな、ゴロスケだ。フクロウは、一度つがいになると、どちらかが死んでしまうまで離《はな》れないんだ。だから毎年同じゴロスケのつがいがやってきてたな。毎年ヒナをかえしていたから、きっとゴロスケ一族はたくさんいるだろうなあ。」

「ねえ、つがいってなに？」

それまでずっとだまっていた由宇《ゆう》が、ふいに顔を上げた。

「つがいか？　そりゃあ、鳥の夫婦《ふうふ》のことだ。」

由宇は「フーン」と言いながら、頭をコクコクとゆすった。

えさを運ぶゴロスケ父さんや、樹洞《じゅどう》から顔を出してえさを受け取るゴロスケ母さんの様子も映《うつ》っている。

「あっ、貴重なツーショット。樹洞《じゅどう》をはさんで二羽でなんか話をしてるみたい。」

ちょっとぼけているけれど、二羽がならんで写っている。

「あれ、でもゴロスケ母さんの方が体が大きいよ。」

じっとのぞき込んでいた由宇が、大発見をしたかのように手を打った。

「おお、よくわかったな。そういえば、ゴロスケはノミの夫婦《ふうふ》で、メスの方が体が大きかったから、おばあちゃんにいつも笑われていたっけな。」

おじいちゃんが作業の手を止めて、なつかしそうに写真をのぞき込んだ。

ノミの夫婦というのは、ノミのメスがオスより大きいことから、奥《おく》さんの方がだんなさんより大きい夫婦のことをいうらしい。小柄《こがら》なゴロスケ父さんと、大柄《おおがら》なゴロスケ母さん。想像したらなんか笑える。

「なんか、かわいいな。」

今まで遠い存在だったフクロウが、急に身近に感じられてきた。

「今は、四月でしょ、ゴロスケたちはどんなふうだろう。」

ページをめくる。中ほどに突然《とつぜん》、ボアボアの綿毛《わたげ》みたいな羽毛をつけた二羽のヒナが、樹洞《じゅどう》から顔を出している写真が出てきた。

「げっ、妖怪《ようかい》！　顔がしわくちゃ！」

「うわあ、かわいい！　もこもこじゃん！」

由宇《ゆう》と李乃《りの》の声が重なった。二人で同時に顔を見合わせた。

「おじいちゃん、ヒナはいつごろ生まれるの？」

「そうだな、三月頃《ごろ》から卵《たまご》をあたためはじめて、五月には巣を出るから、今ごろは巣立ちに向けてヒナも準備《じゅんび》をしているころだな。」

「それじゃ、今はちょうど、こんなかわいいヒナが見られるんだ！」

「ああ、そろそろだな、順調に育っていれば巣穴《すあな》から顔をのぞかせているころだが……。」

おじいちゃんはちょっと顔をくもらせた。

「森の中では天敵《てんてき》にねらわれることが多いから、いくら親たちが守っていても、巣立ちまでこぎつけるフクロウは数少ないんだ。今はどんなものかなあ。」

「天敵！　大変だ、フクロウ君の一大事！　博士《はかせ》に教えなきゃ。」

写真に見入っていた由宇が、突然《とつぜん》立ちあがると、その場でじたばたと足ぶみをした。

「用事があったら声かけて、それまでに風邪《かぜ》治しとくからさ……」って、慧《けい》は森で李乃に会ったときたしかに言った。

今朝の様子では風邪はとっくに治っていたようだし、由宇の話では、フクロウは一番の友達だそうだから……。

「そうだね、あっ、もしかしたら、慧君《けいくん》は幽霊森《ゆうれいもり》にいるかもしれない。」

「幽霊森？」

由宇《ゆう》は後ずさる。

「こわけりゃついてこなくていいよ、おねえちゃん一人で行ってみる。」

風邪《かぜ》を引いても森に行くくらいだから、慧はきっと毎日森に出かけるのだろう。

アルバムを手さげバッグにそっと入れると、李乃《りの》は雑木林《ぞうきばやし》に急ぐ。空を見上げてしばらくもじもじしていた由宇が、長ぐつにはきかえると、がぼがぼ鳴らしながら、李乃のあとを追いかけてきた。

母さんの庭にやってきた母さんのゴロスケたち、母さんが大好きだったフクロウ家族。会ってみたいな、ゴロスケに、ゴロスケがむりでも、フクロウに、そしてかわいいヒナをこの目で見たい。

李乃の胸《むね》は高鳴る。

それにしても、フクロウの天敵《てんてき》ってなんだろう。

ヒナは今どうなっているのだろう、第一フクロウたちはあの森に住んでいるのだろうか。

知りたいことがいっぱいある。

李乃は森に向かう足を速めた。

五・幽霊森《ゆうれいもり》の住人たち

うっそうと草木のおいしげる暗い森。

李乃《りの》と由宇《ゆう》は、森の入り口に立ちすくむ。

天敵《てんてき》といえば、クマだろうか、大蛇《だいじゃ》とか、イノシシとか？　息をひそめた猛獣《もうじゅう》たちにじっと見つめられている気がして、李乃《りの》の体がちくちく痛《いた》む。

「どうする、由宇？」

由宇を見ると、意外にもうれしそうな顔をしていた。

「ここにいるのかあ、フクロウが……」

木々がからまり合った森の中、おしいれの部屋になりそうなところがいっぱいある。もしかしたら、由宇にとっては心ひかれる風景なのかもしれないけど。

「あれ、二人してこんな所でなにしてんの、怖い顔してさ。」

突然《とつぜん》後ろから、陽気な声がした。慧《けい》が興味しんしんっていう顔をして立っていた。

「あっ、博士《はかせ》だ、はー、よかった。博士がいれば、もう幽霊森も怖《こわ》くないや。」

由宇がほっと胸《むね》をなでおろし、うれしそうにはねながら慧のそばにかけよる。

慧は首からさげた双眼鏡《そうがんきょう》をかざしながら、由宇とならんでやってきた。

「待ってたの、見てほしいものがあるんだ。」

李乃はゴロスケ日記をさしだした。

「うん？　なんだこれ、ずいぶん古いアルバムだな。」

慧は両手でアルバムを受け取ると、不思議そうな顔をした。

「全部フクロウの写真だ、すげー、どうしたんだ、これ。」

「母さんがね、小さなころ写した写真だって。しだれ桜《ざくら》に住んでいた、ゴロスケ家族だよ。」

「母さんって、おまえたちの？　ゴロスケ家族ってなんだ？」

慧は訳がわからないといった様子で、顔をくしゅっとゆがめた。

李乃は、おじいちゃんから聞いたしだれ桜のゴロスケの話をした。

「おれ、おまえたちの母さんのこと尊敬《そんけい》しちゃうよ、よくとりためたよな。それにフクロウたちもぜんぜん警戒《けいかい》してないし。いいよな、これって。」

慧《けい》はうらやましそうにため息をついた。

「あのさ、博士《はかせ》に助けてもらいたいことがあるんだ。フクロウのヒナが天敵《てんてき》にやられちゃうって、おじいちゃんが言ってたんだ。でも、なににヒナはやられちゃうの？」

由宇《ゆう》は慧の手をゆすりながら聞いた。

「天敵か？　そうだな、ヘビもいるし、カラスもいるし、テンとか……、このあたりだとアライグマ。」

「アライグマ？　アニメのあのかわいいアライグマ？　日本のこんな森にもいるの？」

『アライグマ・ラスカル』のアニメを、李乃《りの》は小さなころよく見ていた。たしかアメリカの物語のはずだけど。

「一時期、アライグマのペットブームがあったんだって。そのときたくさん輸入されたらしいけど、飼育放棄《しいくほうき》や逃《に》げ出したのやらが野生化したんだって。顔や姿《すがた》はかわいいのに、あんがいアライグマって凶暴《きょうぼう》だからな。」

慧はおどけたように首をすくめた。

「この森のヒナはだいじょうぶなの？」

「うん？　だいじょうぶ、っていいたいけど、むずかしいな。」

由宇が不安げに、慧ににじりよる。

「まあ、自分の目でたしかめればいいよ。ここには四組くらいの家族がいるけど、今日もいるとはかぎらないから。」

最後の言葉が引っかかる。

「たった四組だけしかいないの？　こんな大きな森なのに？」

森の奥《おく》は深い。うっそうと木々がしげっていて、大きな木もたくさんある。いくらでもフクロウの樹洞《じゅどう》がありそうな気がするのに。

「今やフクロウは準絶滅危惧種《じゅんぜつめつきぐしゅ》になっているんだ。それほど数がへっているってこと。このままなにもしないでいたら、いつかいなくなっちゃうかも。」

「準絶滅危惧種！　どうして？」

李乃は目を見はって慧の顔を見かえす。知らなかった、フクロウが絶滅するなんて、思いもしなかった。カラスやスズメと同じくらい、みんな知ってる鳥なのに。

「大きな洞《うろ》のある大木が少なくなってるからさ。ヒナを安全にかえせる場所が減《へ》ってるってこと。エサになるカエルやネズミなんかがとれる場所も、どんどん少なくなってきてるだろ。それに天敵《てんてき》もいるし。」

慧《けい》は口をへの字にして首をすくめた。

「自然が減《へ》ってきてるっていうこと？　こんなに森も林も田畑もあるのに……」

町から来た李乃《りの》にとっては、どこを見ても自然ばかりのイメージだ。

「フクロウが住むってことは、森が豊かな証《あかし》なんだ。」

うなずきながら、慧はきっぱりと言い切った。

「……いなくなっちゃったらこまる。」

ずっとだまっていた由宇が、ぽつんとつぶやいた。

「うん、そうだよね、そしてヒナが無事に育ってふえてってくれるといいよね。」

もしかして、母さんのゴロスケたちもこの森にいてくれたら……、ううん、ここでなくてもいいから、どこかでずっと生き続けていてほしい。

「それじゃあおれは幽霊森《ゆうれいもり》に突入《とつにゅう》するけど、どうする？」

「行く行く、ぜったい行く。」

由宇は、つかんだ慧のうでを大きくふりながら言った。

「いっとくけど、ここのフクロウはゴロスケみたいなわけにはいかないぜ。人間に対して警戒《けいかい》しまくりだからな。森ではぜったいさわがないこと、人の気配を消すこと。子育て中のメスフクロウは気性《きしょう》があらくなってるから、ゆだんしてると反撃《はんげき》されるよ。」

慧がきびしい顔で言った。なんだか背中《せなか》がぞくぞくする。李乃と由宇は顔を見合わすと神妙な面持ちでうなずいた。

森に足をふみ入れる。由宇は立ち止まると、李乃の上着のすそをつかんだ。由宇の緊張《きんちょう》が伝わってくる。李乃はその手をぎゅっとにぎると、慧のあとを追いかける。

明け方の雨のせいか、森はいっそうひんやりと冷たく、地面もしめっている。

あまり日がさしこまないのは、よぶんな枝や倒れた木がそこら中にあって、低木が地面をおおっているからだ。

それでもアカマツや山桜《やまざくら》などの大きく成長した古木には、フクロウの樹洞になりそうなこぶもいくつか見られた。

慧《けい》は音もなく歩く。倒木《とうぼく》や枝《えだ》や足元をじゃまするするするとぬけて、傾斜地《けいしゃち》もかまうことなく忍者《にんじゃ》のように進む。それに比べて李乃《りの》と由宇《ゆう》は、足をすべらせたりすくわれたりして転んでばかりだ。

枝にじゃまされはねかえった枝にむち打たれ、顔にいやというほど強烈《きょうれつ》な一撃《いちげき》をくらった。来るな、来るな、帰れ、帰れと、森に言われているようだ。

枝葉《えだは》を見あげながら歩いていた慧が、急に立ち止まった。

「あっ、ほらあそこ、今日も見はり役ごくろうさん、フクロウ父さん。」

慧の指さした方向を見るけれど、どこにフクロウがいるのか分からない。木の幹《みき》も枝も、焦《こ》げ茶《ちゃ》や灰色《はいいろ》の色ばかり。よくよく目をこらして見つめると、いた、茶色と白の大きな塊《かたまり》。太い木の枝にとまっている。

「あっ、フクロウだ、うわあ、すごい！」

李乃は思わず声を上げる。鉄格子《てつごうし》の檻《おり》の中のフクロウじゃなくて、木々の間に悠々《ゆうゆう》とたたずむ大きなフクロウ。ハート型の顔は大きく、くりっとした真っ黒な大きな目がかわいい。短く折れ曲がったくちばしは意外と小さい。

「なんかへん、なんかへんだナー。」

由宇はさかんに首をひねる。

「何が変なのよ。おかしな由宇。」

「だって鳥じゃないよ、人の顔みたいじゃん。うん？　ネコみたいかなあ。」

由宇は目をこらしてフクロウを見つめる。

「おまえ鋭《するど》いな。フクロウは人間みたいに目が前についてるからな。暗闇《くらやみ》でもよく見えるように、目玉がとくべつ大きいんだ。それにくちばしも、邪魔《じゃま》にならないように折れ曲がっているし。」

慧が由宇の頭をトンとつついた。

幹や枝に同化しながら、び動だにせず人間を見下ろしているフクロウ。きっと全神《ぜんしん》経《けい》を集中させて、侵入者《しんにゅうしゃ》を見すえているんだろう。そのなかなかの迫力《はくりょく》に、李乃の腰《こし》が引ける、足がすくむ。

「なんだろう、この存在感……、見張《みは》られてるみたい、ジッと私たちをにらんでる。」

これが、森の番人、物知り博士《はかせ》や忍者《にんじゃ》の異名《いみょう》を持つフクロウの貫禄《かんろく》なのかもしれない。同じことを感じたのか、由宇《ゆう》がぎゅっと手を握《にぎ》り返してきた。

突然《とつぜん》、フクロウが首だけぐるりと回して反対を向いた。

「すげー、体を動かしてないのに、後ろを見てる！」

由宇が、目を丸くして、小さく手をたたいた。

「ここには二羽のヒナがいるんだ、樹洞《じゅどう》は、ほらあそこ。今年初めてこの洞《うろ》を使った新入りフクロウさ。初めて子育てをする若い夫婦《ふうふ》だと思うよ。」

慧《けい》が小声で言った。

フクロウ父さんから十メートルくらいはなれた大きな木の洞から、フクロウ母さんが、なにごとかというように顔をのぞかせて、すばやく引っ込んだ。

身動き一つしなかったフクロウ父さんが、すかさず李乃《りの》たちに向かって身を低くする。ヒナになにかしたらただじゃあおかないぞっていう気配が、びんびん伝わってくる。

「まずい、早く退散しよう。」

慧は身を低くして先を進む。背中《せなか》に感じるフクロウの鋭《するど》い視線《しせん》が痛《いた》い。李乃はあわてて由宇の手を引っ張った。

森の中ほどまで進むと、大きな樹洞《じゅどう》のあるアカマツが立っていた。「ピジューピジュー」とヒナのさえずりが、遠くからでも聞こえてくる。

「もしかして、あの声はヒナ？」

由宇《ゆう》がにぎりしめる手をゆるめて、ほっとしたように言った。

「あはっ、元気いいな、お腹《なか》がすいたって鳴いてんだぜ。」

「見えないかな、ヒナの姿《すがた》。顔を出してくれればいいのに。」

李乃《りの》は背《せ》のびをしながら、後ろに下がって樹洞を見上げる。鳴き声がぴたりとやんだ。

洞《うろ》のすぐ横で、大きなフクロウがこっちを見ていた。

「やばい、フクロウ母さんだ、ほら戦闘《せんとう》モードだ、アタックされたら、人間だって大けがをするぞ。すばやく静かに通りすぎるんだ。」

慧《けい》が緊張《きんちょう》した声を上げる。本当だ、フクロウは今にも飛びかかりそうに身がまえている。体のわりには幅《はば》の広い大きな羽が、かすかにふくらむ。

由宇がすばやく慧のそばに走りよる。三人で身をかがめてそっとかけ出す、どうやらフクロウは追いかけてこない。

森の中の視界《しかい》が急に開けた。ここは森の中なのに、少し明るい。

「ハー、森の中って、なんてスリリングなの……、フクロウを見るのも命がけだね。」

周囲の明るさがうれしくて、李乃はほっと息をついた。

さらに森を進むと、大きなこぶをつけたヤマザクラが立っている。慧は長い枝《えだ》を拾い上げるると、樹洞のそばをトントンとたたいた。

「やっぱり、だめかあ……。」

しばらく樹洞をながめていたが、慧は小さく首をふった。

「今度はどうしたの？　そこのヒナはいなくなっちゃったの？」

「ああ、アライグマにやられたんじゃないかな、ここはアライグマの通り道なんだって、八木さんが言ってたし。」

アライグマは木に登るんだろうか。人間でさえ恐《おそ》れるフクロウに、やり返されはしないんだろうか。

「親フクロウが二羽でかかっていけば、アライグマを追い返すことくらいできないの。」

「きっとヒナを巣穴《すあな》でだいているとき、入り込まれたんだろうな。フクロウ父さんは狩《か》りに出かけて留守《るす》だったんだ。親フクロウはなんとか逃《に》げ出せたとして、ヒナたちはむりだったんだな。」

「かわいそう、ヒナたち……。あっ、もしかしてさっきのヒナたちも、アライグマにやられちゃうの？」

さほどはなれていない二組の家族。せっかくヒナを育てても、他の動物に食べられちゃうなんて悲さんだ。

「ここのフクロウは特別おとなしかったからな。きっと、戦いにも負けちゃったんだ。ああ、毎日見回ってたって、なんにもできないんだから、無力だよな、おれ。」

慧《けい》は空っぽの樹洞《じゅどう》をしょんぼりと見上げた。

弱肉強食……、自然淘汰《しぜんとうた》……？　ううん、なんか違う。

だってアライグマは、人間がここに持ち込んだものだ。捨《す》てられたか逃げ出したかして、生きるために他の生き物の命をうばっていく。なにも知らないフクロウたちは、そのせいで家族を失う。

もしかして、一番悪いのは、人間？

「テンション下がりまくり……、はぁー、自然の中で生きるってたいへんなんだね。」

李乃《りの》の沈《しず》んだ声に、慧《けい》はだまってうなずいた。

森の終わりが見えてきた。木立の間から空がちらちら見える。

ひときわ大きい木に、二羽のフクロウがとまっている。ふつうより白い羽の小さいフクロウと、一回り大きいフクロウだ。

「ここのフクロウはちょっと変わっているんだ、大きいのがメス、小さいのがオス。よかった、ヒナは順調に育っているみたい。」

慧の声が聞こえたのか、フクロウ母さんはあわてて樹洞に入っていった。

「うふ、あのあわてよう、だいじょうぶだよ、私たちは味方だから。」

李乃は身構《みがま》えるフクロウたちにそっとささやく。胸《むね》がきゅっとしめつけられる。

一時もヒナからはなれない親フクロウ。ヒナは樹洞の中で、あたたかなフクロウ母さんに抱《だ》かれ、フクロウ父さんの運ぶえさを食べ、大きくなっていく。

樹洞にかけこんだフクロウ母さんは、危険《きけん》からヒナを守ろうと、必死に抱きかかえているんだろうな。強くてやさしくてたくましいフクロウ母さんの羽の下で、ヒナは安心して丸くなっているんだろう。

樹洞《じゅどう》に、李乃《りの》の母さんの笑顔が重なる。母さんのなつかしいにおい、ぬくもり……、李乃の視界《しかい》がかすんでいく。

「さあさあ、長居《ながい》は無用、森をぬけるぞ。」

李乃の心を知ってかしらずか、慧《けい》はすたすたと歩き出した。李乃はこみあげそうになる思いをぐっと飲み込むと、由宇《ゆう》の手を引いて慧のあとを追った。

突然《とつぜん》視界が開けたと思ったら、森の裏側《うらがわ》に出ていた。

初めて見る景色、森の反対側は小高い丘《おか》になっていた。

柿《かき》の木や栗《くり》の木がまばらに立っている。その向こうには、ゆるい斜面《しゃめん》に田畑が広がっている。民家もまばらに見える。バイクが一本道を走っていくのが見えた。

「なんか、別世界に出たみたい。」

日の光がさす外の世界は、すべてが光って見えてまぶしい。

「ここからは佳夢里荘《かむりそう》に近いんだ。ほら、あそこ。」

左の端《はし》の方に青い屋根が見える。屋根の上に小さな小屋がついていて、その上に風見鶏らしい物がのっている。

「おまえたちの家はこっち側。」

慧はぐんと右側を指さした。

おじいちゃんちは森の影《かげ》になって見えないけど、いつも通る白い橋がぎりぎり見える。

「へー、知らなかった、佳夢里荘と近いんだね。その場にいるとわからないことも、ちがう所から見るとわかることもあるんだね。」

「おっ、さとっているな。」

慧が笑った。

「さて、今日はこれでおしまい。」

慧は森に向かって大きく息を吸《す》い込むと、両手を口にあてた。

ホーホーゴロスケ　ホーホー　ホーホー　ゴロスケ　ホーホー
おじいちゃんそっくりのフクロウの鳴き声が、慧の口からとびだした。

ゴロスケ？　今たしかに、ゴロスケって言った？　李乃《りの》はたしかめるように耳をすます。

「あは、驚《おどろ》いた？　これはおれ流、フクロウたちとの別れのあいさつ。」

息をのんでる李乃を見て、慧《けい》はにやりと笑った。

「今、ゴロスケって言ったよね？　どうしてゴロスケなの？」

「べつに、鳴き声聞いてりゃそう聞こえるだろ。むきになるほどじゃないよ。」

「だって、おじいちゃんのゴロスケかと思ったから。」

「棟梁《とうりょう》のゴロスケ？」

「うん、おじいちゃんちのフクロウはゴロスケって鳴いたって。澪《みお》さんはホロッコだって。みんな鳴き声が違うのかなって思って。」

「鳴き声もいく種類もあるし、オスとメスでは声帯が違ってるし、だみ声のフクロウもよく響《ひび》くのもいろいるからな。おれが聞くのは、あのオスフクロウの声。あいつはゴロスケって鳴くな。」

「あっ、さっきのフクロウのつがい、メスの方が大きかったし！」

由宇《ゆう》がまた大発見をしたかのように、手を打った。

「そうか、おじいちゃんが言ってたよね、フクロウ母さんの方が大きかったたって。ねえ、ゴロスケって鳴くのは、あの子だけ？」

「さあな、耳すましてりゃあ聞こえるから聞いてみな、たぶんだけど。フクロウの声は数キロ先まで届くらしいから、おまえんちならぎりぎりかな。」

慧《けい》は、人さし指で、佳夢里荘《かむりそう》と白い橋までをはかってうなずいた。

もしかして、ゴロスケがいる？　おじいちゃんの庭で育ったゴロスケが？

李乃《りの》の胸《むね》が高鳴る。おじいちゃんが知ったらどんなに喜ぶだろう。母さんが生きていたら泣き出しちゃうかも。

「ゴロスケー、君はおじいちゃんちのゴロスケなの！」

おもわず呼《よ》びかけた。

「あっ、バカ、大きな声出すなって！　フクロウの耳ってすごいんだ、雪の下にいるネズミの足音だって分かっちゃうんだからな。」

慧はあわてて人さし指をたてて、自分の口にあてた。

「すごっ！　どんな耳してるんだろう。」

よく見える大きな目、よく聞こえる耳、遠くからも見えた太くて強そうな足、それに体に比べて幅広《はばびろ》の大きな羽。まだまだ色んな秘密《ひみつ》がありそうだ。

フクロウっておもしろい。李乃の胸がときめく。

「あっ、それと、いっとくけど、フクロウの寿命は十年前後だぜ。もうとっくに棟《とう》梁《りょう》のゴロスケは死んでんじゃないの？」

しだれ桜《ざくら》の樹洞《じゅどう》がうまってゴロスケが来なくなってから十年、その前に二十数年通ってきていたとして、ゴロスケの子孫が生きている可能性《かのうせい》は十分ある。

「ゴロスケの子どもか、そのまた子どもって可能性はなくはないよね。」

「なるほど……、なくはない。」

「じゃあ、ゴロスケの子孫もみんなまとめてゴロスケに決定！」

「ゴロスケねえ……。」

苦笑いをしながら、慧はしぶしぶうなずいた。

お日様が山《やま》の端《は》にかかった。西の空があかね色に輝《かがや》きだした。

慧《けい》は幽霊森《ゆうれいもり》のフクロウ以外にも、佳夢里荘《かむりそう》の庭や周りの林にかけた巣箱の見回りも毎日しているらしい。もちろん、幽霊森にも巣箱をいくつかかけているらしい。

「今は、ヤマガラやスズメ、それにシジュウカラが入っているよ。」

目を輝《かがや》かせて慧は言う。

「おかげで森のあちこちに巣箱がいっぱいだ。森という森全部が、部屋がいっぱいある超巨大な家みたいなもんさ。」

慧は両手を大きく広げて丸を作った。

幽霊森はフクロウの森、たくさんの命を守る生き物たちの大きな家。ふりかえってみると、こんもりとした森が、本当に大きな家に見える。

ゴロスケがいるかもしれない森、もしそうだとしたら、おじいちゃんの庭のしだれ桜《ざくら》を思い出してくれないかな。

ときどきでいい、しだれ桜に遊びにきてくれないかな。

六・消えたフクロウ

家に帰ると、おじいちゃんは作業場にいた。

今はもう使わなくなった道具を、ときどき引っ張り出してはきちんと手入れをしているのだ。

「大ニュース、大ニュースだよ、おじいちゃん！」

李乃《りの》の大声に、おじいちゃんは腰《こし》を浮《う》かせてふりかえった。

「フクロウ森に、ゴロスケの子どもの子どもたちがいるかもしれないんだって！」

由宇も息を切らせながらかけこんできた。

森での出来事をきそうように、李乃と由宇はおじいちゃんに話す。おじいちゃんは目を丸くして、「ほーほー」とうなずきながら聞いている。

「うふ、なんだかおじいちゃん、フクロウになっちゃったみたいだ。」

由宇がおじいちゃんを見ながらにっと笑った。

「ゴロスケの子孫がなあ……、そうであってくれたらこれ以上うれしいことはないな。それにしても、おまえたちが慧《けい》といっしょに、森にフクロウをさがしに行ってたなんてなあ……。」

おじいちゃんはまた、「うんうん」とうなずいた。

「ああ、ゴロスケのヒナに対面できるなんて、うそみたい、楽しみ！」

李乃は空に向かってぐんとのびをする。

会えないと思っていたゴロスケたちが、森で生き続けていた。母さんが知ったらどんなに喜ぶだろう。

「でも、ほんとうにほんとかな。」

由宇が自信なげにつぶやいた。

「そういえば、もう一つ、たしかめる方法があったぞ。ゴロスケは体が小さいけれど色白でな、なかなかのハンサムだった。白い毛が他のに比べてとりわけ多くて、どこから見てもすぐに区別ができた。千香子《ちかこ》は、色白父さんと名づけて話しかけていたぞ。」

「色白父さん！　ううーーん、あのフクロウはどうだっけ？」

李乃たちに気づいてすぐに樹洞《じゅどう》にもぐりこんだフクロウ母さんに目がいって、フクロウ父さんが白いかどうかなんて、見比べる余裕《よゆう》がなかった。由宇も首をかしげている。

ゴロスケ日記を開いて写真でたしかめる。

いわれてみればたしかに、ゴロスケ父さんは胸《むね》から腹《はら》と尾の内側が白い。茶色のまだらのメスのフクロウより、女の子っぽい。

「明日、澪《みお》さんもさそってたしかめてみよう。運がよければヒナが見られるかもしれないし。」

「ぼくはもう、博士《はかせ》と約束してる。」

由宇がすまして言った。

「ええ、いつのまに?」

ぼんやりしてるようで、かんじんなことはちゃっかり押《お》さえている。

由宇ってこんな子だったっけ? 驚《おどろ》いて見つめる李乃の視線《しせん》に気づいて、由宇はまた「べー」と舌《した》を出した。

図書室で借りてきた図鑑《ずかん》でヒナを調べる。写真で見るヒナは、白いうぶ毛がフワフワのたよりなげな愛らしい姿《すがた》だ。顔の毛が生えそろっていないから、ちょっと見るとくしゃくしゃした感じに見えるけどそれもかわいい。

でも足は太くてじょうぶそうで、爪は鋭《するど》くとがっていて親鳥にひけをとらない。そのアンバランスさが、不思議にかわいく見えた。

朝、学校に行くと、李乃《りの》は澪《みお》に幽霊森《ゆうれいもり》のフクロウがゴロスケの家族かもしれないこと、ヒナが見られるかもしれないことを話した。

「わたしも行きたいな、野生のフクロウ見るの、初めてよ。ドキドキしちゃう、運よくヒナが見られたら最高！」

澪は目を輝《かがや》かせて、すぐに話に乗ってきた。

「本当に、ゴロスケの家族たちだったらステキだね。」

鎮守《ちんじゅ》の森に向かう道々、澪は同じことばかり言う。それがおかしくて、李乃のほほもゆるんでしまう。はやる気持ちは李乃も同じだ。

フクロウ父さんがどうぞ、色白でありますように。もしそうなら、小さくて色白でだみ声のフクロウは、疑《うたが》うよちなし、ゴロスケの血を引く子孫に決定だ。

勇んで森の入り口までやってきたが、目の前の森は暗く、無気味に静まりかえっている。

二人の足がぴたりと止まった。

「やっぱり二人きりじゃむりみたい、慧君《けいくん》、来てくれないかな。」

由宇と約束をしたそうだから、きっと今日も来るはずだ。

しばらくうろちょろしていたら、由宇の声が石段《いしだん》のあたりから聞こえてきた。ぴょんぴょんはねながらやってくる由宇のあとに、慧が姿《すがた》を現した。

「あれ、また一人ふえてる。まあ、いいけどさ。たしか君は……五年の澪さんって子だっけ?」

慧にじろじろと見られて、澪は真っ赤な顔をしてうなずいた。

まず最初のフクロウ家族は、フクロウ父さんが昨日と同じ場所にいた。置物みたいにじっと侵入者《しんにゅうしゃ》を見下ろしている。それに気づいた澪の体が固《かた》くなるのが分かる。

「だいじょうぶ、静かに通りすぎれば追いかけてこないから。」

李乃《りの》は耳元でささやく。澪《みお》はこくりとうなずいた。

次のフクロウは、狩《か》りに出かけているのか、今日もフクロウ父さんの姿《すがた》は見えない。

フクロウ母さんたちも樹洞《じゅどう》にもぐりこんでいるらしく、姿をあらわさない。

でも、だいじょうぶ、ヒナの小さなさえずりが聞こえる。ここも、そっと通り過《す》ぎる。

森の終わりが近づく、ゴロスケ家族はどうなっているだろう。ヒナが姿を見せてくれるかな。もしかして枝《えだ》にならぶ親子の姿が見られたりして。

李乃は高鳴る鼓動《こどう》をおさえるかのように、そっと胸《むね》に手をあてる。

「今度のフクロウ父さんが、ゴロスケって鳴くフクロウなんだ。」

澪に話しかけながらも、李乃の足は自然に速くなる。

「どきどきするね。」

澪も李乃の横にぴたりとついて、足を速めた。

ゴロスケの樹洞のまわりは、やけに静まりかえっている。ヒナのさえずりも、親フ

クロウの姿《すがた》も見えない。

「うん？　なんか変だな。」

慧《けい》は顔を引きつらせ、耳をすませた。樹《き》の回りを何度も歩き回って、ぐっと息をのんだ。

「おかしいなあ、いないんだ、ヒナが……、親フクロウも。」

慧は顔を曇《くも》らせた。

「まさか、またアライグマにやられたとか！」

今度はヒナも、親鳥も全部一ぺんに！

アライグマにやられたとしても、なにか手がかりがあるはずだ。李乃は周囲を見回す。慧も顔を引きつらせてしげみに目をやった。

フクロウの姿はおろか、小鳥のさえずりも聞こえない。生き物がいる気配さえ消えている。

「天敵《てんてき》におそわれたんなら、抵抗したヒナたちのあとが残っているはずだし、巣立っていれば歌声が聞こえるはずさ。でも、あともなにもぜんぜんないんだ、まるで蒸発《じょうはつ》しちゃったみたいなんだ。」

慧はなにかをふりはらうみたいに。大きく頭をふった。

「これって、なんだろう？」

木の幹《みき》をしげしげと見つめていた由宇が、ぽつんとつぶやいた。

よく見ると、表皮のところどころにけずれたようなあとがある。

「新しくできた傷《きず》みたいね、はがれた表皮がやわらかいもの。」

表皮にそっと指をあてて、澪が言った。同じ間かくで幹に傷がついている。傷の間から樹液《じゅえき》がにじみ出ている。

「もしかしたら密猟《みつりょう》かな……、きっとはしごを伝ってのぼったんだ。」

慧はむずしい顔をして腕《うで》を組んだ。

「密猟？　フクロウのヒナなんて盗《ぬす》んでどうするの？」

まさか食べちゃうとか？　ゴロスケの子孫のヒナが？　李乃の胸がざわつく。

「最近、この辺りの遊歩道が整備《せいび》され始めたんだ。きっと見つかっちゃったんだな、森のはずれにあるからさ。」

「あっ、もしかしてフクロウをペットにするとか？」

ずっと前、テレビの動物番組で、フクロウがおもしろペットとして紹介されていたのを思い出した。きれいに整えられた部屋の中で、やさしい飼《か》い主《ぬし》さんに甘えているフクロウは、すごく幸せそうに見えたけど。

「まあ、そういうのもありかもな。とにかく、密猟《みつりょう》とか誤認保護《ごにんほご》とか、この頃《ごろ》は多いんだ。」

「誤認保護って？」

「親が近くにいるのも知らないで、巣立ったばかりのヒナをまいごのヒナだと思ってつれてっちゃうってことさ。」

「そんな、ひどい！　ヒナも親もかわいそう。」

「連れ帰った人は親切のつもりかもしれないけど、とんだ間違いなんだよ。でも、この場合はだれかが連れ去ったって感じだよな……。」

慧《けい》は探偵《たんてい》のように、腕組《うでぐ》みをして目を閉《と》じた。

「連れ去った？　だれが？　どうしてそんなひどいことを？」

フクロウ父さんフクロウ母さんは、ヒナは、今どこ?

李乃の胸《むね》が痛《いた》む。静まりかえった森の中、息苦しさが霧《きり》のようにただよってくる。

せっかくゴロスケの家族に出会えたと思ったのに、あっという間に消えてしまうなんて……。

李乃の体から、空気がもれ出すみたいに、力が少しずつ抜《ぬ》けていく。

ホーホー　ゴロスケ　ホーホー　ホーホー　ゴロスケ　ホーホー

ふいに、慧が森に向かって低く響《ひび》く声で鳴いた。

森は一瞬《いっしゅん》音を消して、息を止めたみたいだ。

長い静寂《せいじゃく》、やっぱりゴロスケたちはいなくなってしまった……。

ホーホー　ホーホー　……ゴロスケ　ホーホー　ホーホー　ゴロスケ　ホー……

突然《とつぜん》、森の右手あたりから、土笛《つちふえ》を吹《ふ》いたようなくぐもった声が響《ひび》きわたった。

「今、ゴロスケって鳴いたよね？」

すがるような目でふりかえった李乃《りの》に、慧《けい》はこくりとうなずく。

「もしかして、樹洞《じゅどう》のヒナの親？　父さんのゴロスケ？」

慧が人さし指を立てて、「シッ！」と鳴らした。

ボッボー　ボッボッボッボッボッボッ

聞き取れないくらいの小さなだみ声が、ちがう方からした。

ホッホー　ゴロスケ　ホッホーホッホー　ゴロスケ　ホッホー

『ゴロスケ』って、今度は李乃の耳にはっきりと聞こえた、さっきのフクロウだ！

二羽のフクロウはひときわ鳴きかわして、やがて静かになった。体中がぞくぞくする。

「教えて、今なにがあったの？」

「探《さが》してんだ、ヒナを。元気づけてんだフクロウ父さんがフクロウ母さんを、ヒナたちを。元気出せ、元気出せってさ、きっと。」

慧《けい》がにぎりこぶしに力を入れた。

「このままゴロスケたち一家は、家族は、ばらばらになっちゃうのかな。」

「言っただろ、どちらかが死ぬまでいっしょにヒナを育てるって。だからまた、二羽でがんばって家族をつくるさ、きっと。でも……。」

慧は真剣なまなざしであたりを見回す。

「まだどこかにヒナがいるかもしれない、逃《に》げのびたヒナが、どこかで動けなくなってたりしてな。」

「でも……、人間にさらわれたとしたら、運よく見つけられたとしても、親鳥はいやがらないかな、ううん、もしだいじょうぶでも、今までと同じ巣で子育てできるのかしら。」

澪《みお》が不安げに李乃《りの》を見た。

人間のにおいがつくのを野生の動物はいやがるらしい。李乃もさっきからそれを考えていたところだ。慧も首をかしげる。

口をついて出そうになる言葉は、あまりにもつらいものばかりだ。李乃はぎゅっと唇をかみしめる。

「でも……でも、やってみなきゃわかんないじゃん……助けてあげなくちゃ、かわいそうじゃん、母さんだって、ヒナだって、みんな、みんな……助けてあげなきゃ……。」

樹洞《じゅどう》をだまって見上げていた由宇《ゆう》が、目をごしごしとこすりながらしゃくり上げた。涙を流すまいとするように、由宇は口をへの字に曲げて、樹洞をぐっとにらみつける。やせた小さな肩《かた》が小刻《こきざ》みにゆれる。握《にぎ》りこぶしに力を入れて、由宇は樹洞を見上げ続ける。

（由宇、泣いているんだ……！）

李乃の心がきりっと痛《いた》む。

母さんがいなくなってから、一度も涙《なみだ》を流さなかった由宇、雨がふるたび、おしいれの部屋にこもって丸くなっていた由宇《ゆう》。田舎《いなか》に来て見違えるように明るくなったけど、まだ心の傷《きず》は消えていなかったのだ。

由宇のつぶやいたかすかな声。

『母さんだって、ヒナだって、みんな、みんな、助けてあげなきゃ……』

あれは、由宇の心にある哀《かな》しみの正体、心の叫《さけ》び……！

母さんを助けられなかった哀しみが、小さな由宇の心に深い傷を残したんだ。

「うん、そうだよな、由宇の言うとおり、やってみなきゃわかんないよな。ただ一つ言えること、おれたちがあきらめちゃったらヒナはかえらないし、親フクロウも悲しいままだってことだけだ。」

慧《けい》は沈んだ空気を吹っ切るように、きっぱりと言った。

今ごろ、ヒナはどんなに不安だろう、ゴロスケたちはどんなに悲しいだろう。

この森の中でひっそりとくらしてきたゴロスケ家族。

ヒナの成長を見守って、いつもそばによりそっていたあたたかなゴロスケ家族。

なにも悪いことはしていないのに、こわされてしまうなんてそんなの許《ゆる》せない。

見つけよう、ヒナを、ゴロスケたちのためにも、ヒナのためにも、そして由宇のためにも。

胸《むね》が痛《いた》い、その痛みがだんだん怒りに変わっていく。

「由宇、さがそう、ヒナをさがして、ゴロスケたちにもどしてあげよう。ゴロスケ母さんたちの所に、ヒナを絶対《ぜったい》かえしてあげよう。私たちでがんばって、絶対みんなを助けてあげよう。」

由宇の頭にそっと手を置く。

由宇は小さくうなずいた。しゃくりあげると、両手でぎゅっぎゅっと顔をこすって、ゆっくりと立ちあがった。

顔をあげた由宇の顔を見たとたん、李乃はあんぐりと口を開けた。

「由宇の顔、真っ黒。どろんこと涙《なみだ》でぐっしゃぐしゃ。」

ぬぐった涙のあとが、黒い筋《すじ》になって由宇の顔をみごとにそめあげている。

由宇はまだしゃくりあげながら、それでも片目を引きさげて、「べー」と、アカンベーをした。

七・負けるなゴロン

密猟者《みつりょうしゃ》の進入に、森は驚《おどろ》き、息をひそめて様子をうかがっている。獣《けもの》も野鳥もくちばしを固《かた》くむすんで、身をかくしているのだろう。

打ちのめされている余裕《よゆう》はない、四人は森をぬけ、草地や竹やぶの間を手分けして探《さが》した。道の脇の用水路ものぞいてみた。あぜづたいに田んぼの中も一つ一つ見た。

「森からこんなに離《はな》れた所に、ヒナがいるのかなあ。」

森を出ると急に心細くなる。澪《みお》が不安げにつぶやく。

「いるかもしれないもの、なんとしても探《さが》してあげなくちゃ。」

いるわけないのかも……、そんな気持ちに傾《かたむ》きそうになるのをおさえて、李乃《りの》はカエル一匹《ぴき》見のがさない気持ちで、草をかき分け道ぞいのやぶをのぞきこんでいく。

せまい水田がつながるようにしてならんでいる道を行くと、梅の木や柿《かき》の木、栗《くり》の木にまじって、りんごやなしの果樹《かじゅ》がぽつぽつと見えてきた。

ここらは獣に作物をあらされるとかで、防御《ぼうぎょ》用のネットがはられたり、取り忘《わす》れられたネットがからまって、そのままになっている所がある。

さっきから上ばかり見て歩いていた慧《けい》が、ふいに立ち止まった。

「どうしたの？　いた？」

慧はふりかえりもしないで、大きくたるんだネットの一角を指さした。それをまたいで向こう側の草むらに入ると、きょろきょろと見回し始めた。

慧の指さしたネットの先に、わずかに白い羽毛がついている。

「やっぱ、いた！　ヒナだ！」

慧は鋭《するど》い声をあげた。ゆるんだネットがからまって放置されたその中に、茶色っぽい物が見える。ネットに羽をからめて足をすくわれる感じでうずくまっている、ボアボアの毛のヒナがいた。

「どうしてこんな所に？　親フクロウはいるの？」

まわりを見回してもフクロウがいるようには思えないし、フクロウが止まる木だってない。ヒナが自力で飛んで来るには、森から離《はな》れすぎている。

「この子がゴロスケのヒナの一羽？」

「かもしれないな、人の手をのがれて必死に飛び立とうとしたんだ。でも、ネットにからまって身動きできなくなっちゃったのかな。」

ヒナは動かない、だらりとしたままだ。

「けがをしているのかな、だいぶ弱っているみたいだ、このままじゃあぶない。」

慧《けい》の焦《あせ》った声に、李乃《りの》の胸《むね》がドキドキ鳴り出す。

慧はナップサックからカッターを取り出すと、足にからまっているネットを切った。か細いヒナの羽は自由になったけれど、ヒナはぐったりとうなだれたままだ。

慧はからにしたナップサックで、そっとヒナを包む。

「ねえ、どうする？　手あてをするっていっても、どうやって？」

樹洞にこのまま返せないし……、李乃は息をのんで慧を見つめる。

「八木さんならなんとかしてくれるかも。センター長の八木さん。八木さんは野生動《やせいどう》物保護団体《ぶつほごだんたい》のメンバーで、生き物のことにけっこうくわしいんだ。けがをした鳥や動物を手当てして、森に返す活動もしてるし。とにかく急がなくちゃ。」

慧《けい》の放り出されたナップサックの中身を、李乃《りの》は手早くカバンに拾い入れた。

森の中を忍者《にんじゃ》のようにすばやく走り抜《ぬ》ける慧《けい》を追いかけて、李乃たちは必死で走った。

佳夢里荘《かむりそう》に着くと、ちょうど八木さんが車で出かけるところだった。ぽっちゃりとしたやさしそうな人だ。

血相《けっそう》を変えてかけ込んでくる慧たちに気づくと、すばやく走りよってきた。

「どうした！　うん？　フクロウのヒナか、密猟《みつりょう》か？」

八木さんの顔がけわしくなる。

「たぶん途中《とちゅう》で逃《に》げ出してけがをしたみたいなんだ。親鳥が育児放棄《いくじほうき》しないうちに森に返さなきゃ、この子死んじゃうよ。」

額から汗をしたたらせて慧が言った。

「まだ生きてるな、うーん、かなり弱ってるな。このままじゃ危険《きけん》だ、よし、待ってろよ。」

八木さんは携帯《けいたい》を取り出すと、すぐにどこかに電話をかけた。

とりあえず小ぶりの段《だん》ボール箱に藁《わら》を敷《し》いて、ナップサックごとヒナを入れる。ヒナはぐったりしたままだ。生きているのか死んでいるのか、もうわからない。

八木さんの知り合いだという、野鳥を扱《あつか》うセンターの獣医《じゅうい》さんがすぐにやってきた。

フクロウなんかの野鳥は、勝手に飼育《しいく》したり、普通《ふつう》に動物病院に入院させたりすることはできないらしい。

「おれもいろんなヒナを拾って育ててきたけど、瀕死《ひんし》のフクロウのヒナってのは初めてだな。まあ、自然に帰すとなると慎重《しんちょう》にせんといかんからな。でも、これでだいじょうぶだろう。」

ヒナをのせた獣医《じゅうい》さんの車を見送りながら、八木さんはホーと息をついた。

あれから二日がたった。ヒナの翼《つばさ》は骨折《こっせつ》はしているものの、驚異的《きょういてき》な回復《かいふく》を見せて、えさも少しずつ食べられるようになったそうだ。

「発見が早かったからよかったよ、君たちのおかげだな。」

八木さんは両手で大きな丸をつくって笑った。

「かわいそうだな……。羽は元にもどるかな、怖《こわ》いだろうな、痛《いた》いだろうな。」

由宇《ゆう》は浮かない顔だ。

「だいじょうぶよ、治る可能性《かのうせい》があるって言ってたじゃない。ゴロスケの血を引いてるんだよ、強いんだから。」

李乃《りの》は、由宇の肩《かた》にそっと手を置く。

人間の手から逃《のが》れて、瀕死《ひんし》の状態でも生きのびたヒナ。小さなか弱いヒナのどこに、そんな力が秘《ひ》められていたんだろう。

「明日の朝早くに、巣にもどして様子を見るって。もし育児放棄《いくじほうき》して親がよりつかないようなら、保護団体《ほごだんたい》の方で引き取るって。」

「じゃあ、ゴロスケしだいってこと？　私たちにできることはないかなあ。」

ゴロスケたちは今もいるんだろうか、あの森に。

あれから二日も経《た》っている。いろんな人にさわられちゃったヒナを、自分の子って分かるだろうか。

「野生の親の勘《かん》、本能にかけてみるしかないな。」

李乃の不安げな視線《しせん》に、慧も顔を曇《くも》らせた。

下校後、李乃たちはフクロウ森に集合した。

森の終わりに近づく。ゴロスケたちはいるだろうか、もうあきらめてどこかへ行ってしまっただろうか。

どうぞヒナを探《さが》してて……、李乃の胸が痛いほど鼓動《こどう》する。

歩を進めるたびに、いのるように心の中でつぶやく。

ゴロスケの樹洞《じゅどう》の回りは、静まりかえっていた。

ジッと見上げていた慧が、のどをそらすと目を閉《と》じた。

ホッホー　ホッホー　ゴロスケ　ホッホー
　　ホッホー　ホッホー　ゴロスケ　ホッホー

本物そっくりの鳴き声が、慧の口から飛び出す。

耳をすます。返事はない。

「ヒナが帰って来るんだよ、待っててよ、ちゃんと生きてたんだよー！」

李乃《りの》は思わず呼《よ》びかけた。

突然《とつぜん》、由宇が樹洞《じゅどう》の下にかけよった。きっと空を仰《あお》ぐと、大きく息を吸《す》った。

ほっほー　ほおっほー　ごろすけ　ごろすけ　ほっほっほっほっほっほ……

由宇は体をくの字に曲げて、息の続く限り声を絞《しぼ》り出す。

「だって……せっかく帰ってくるのに、母さんに会いたいのに。ゴロンは頑張《がんば》ったのに、母さんに会えないなんてかわいそうだ。」

由宇はうつむいたまま、肩《かた》をふるわせた。

母さんに会いたいのに、頑張ったのに……、由宇の叫《さけ》びが、李乃の胸をさす。

土砂に飲《の》み込《こ》まれた暗闇《くらやみ》の中で、由宇は母さんとどんな話をしたんだろう。

三歳の由宇には心の奥《おく》に埋もれたまま、永遠《えいえん》に思い出すことのできないあまりにもつらすぎた記憶《きおく》。

でも、必死で生きのびたんだね、あのとき。

一緒《いっしょ》にいる母さんと助かるために、もう一度会えるために……。

由宇《ゆう》の細い小さな肩《かた》、ゆれるやわらかな髪《かみ》、じっと耐《た》えてきた幼い弟……。

李乃《りの》はそっと、由宇の体を抱《だ》きしめた。


……チュチュチュチュチュ　ジ――　ジュクジュクジュー

ゴロスケの代わりに、森にいる鳥たちが、二人を励《はげ》ますかのように鳴き交わした。

「ゴロスケたちはどこかで、ヒナのこと絶対《ぜったい》待ってる。強いヒナの親だ、ちゃんと待ってて育ててくれる。ヒナは母さんに絶対会えるから、心配するな。鳥博士《はかせ》にまかせろ。」

慧《けい》は胸《むね》をはると、由宇の頭をぐいぐいとなぜた。

夜明け前の道を、李乃は走る。由宇は李乃に遅《おく》れまいと、荒《あら》い息を吐《は》きながら必死についてくる。

今朝早く、ヒナは樹洞《じゅどう》に返される。慧が八木さんに拝《おが》み倒《たお》して、李乃たちの立ち会いが許《ゆる》されたのだ。

森の入り口には、保護団体《ほごだんたい》の人が二人と八木さんと慧が、李乃たちの来るのを待っていた。

小さなゲージの中にうずくまる小さなヒナ。それでも首を回しながら不思議そうに辺りを見ている。時折もそもそと体を動かして足をふみかえる。ぱっちりと見開かれた瞳《ひとみ》は、生きる力に満ちていた。

「うわー、元気になったね、よかったね。」

声をかけると、ヒナは前屈《まえかが》みになって上下左右に首をクルクル回した。

「ヒナ君、がんばったねー、もうすぐ母さんや父さんに会えるよー。」

由宇は小声で叫ぶと、小さく手をたたいて笑った。

空は白々と明け始めた。日の出はもうすぐだ。

保護団体のおじさんたちは、幹《みき》に立てかけたはしごを、ゲージを抱《かか》えながら慎重《しんちょう》にのぼる。森の奥《おく》から、かすかに夜明けを知らせる鳥のさえずりがした。でも、ゴロスケたちの姿《すがた》は見えない。

ゴロスケの樹洞《じゅどう》に、そっとヒナをもどす。ゲージから取り出したときだけ、ヒナはばたばたと暴《あば》れたけれど、なつかしい記憶《きおく》がよみがえったのだろうか、おとなしく樹洞に入れられた。

耳をすます。ヒナのさえずりも、羽音も歩き回る音も、聞こえない。樹洞の中で、目をぱちくりさせて、失われた日々のことを思い出そうとしているのだろうか。

「ゴロスケー、ヒナが帰って来たよー、早く見つけてあげてよー。」

由宇《ゆう》は森に向かって声をあげた。


夕方森に行ってみたときは、樹洞の回りにやっぱりゴロスケの姿《すがた》はなかった。ヒナはたった一人で、樹洞の中にうずくまっているのだろうか。

「おなかすいて死んじゃうかな。夜になったら、寒くてこごえ死んじゃうかなあ。」

由宇は不安そうにつぶやいた。

「フクロウは夜行性《やこうせい》だから、昼間は様子をうかがってて、きっと夜にはもどってくるよ。」

由宇を元気づけながら、李乃もそわそわして落ち着けない。

「神さま、どうぞ、今夜、ゴロスケたちがヒナのところに来てくれますように。」

李乃と由宇は、両手を合わせると、森に向かって深々と頭を下げた。

学校に行っても授業は上の空、時計ばかりに目がいってしまう。

帰りの会が終わると、李乃たちはランドセルをしょったまま森に走った。

「どうぞ、ゴロスケたちがいてくれますよーに。ヒナが元気でいますように。」

走るたびに言葉が口をついて出る。

「もしかしてあの子、違う親のヒナだったりして。そしたらどうしよう。」

と、澪《みお》。

「違ってってもヒナをなくしたばかりだから、育ててくれちゃうとかね。」

と李乃。

「もう、いろんなにおいがついてるから、危険《きけん》だっていってほおっておくとか。」

「ううん、樹洞《じゅどう》から突《つ》き落としたりしちゃうとかだったら、最悪だよね。」

だまっていると胸《むね》が破裂《はれつ》しそうで、言葉が交互に口をついて出る。

「ねえちゃんたち、うるさい！」

慧《けい》のあとをだまって走っていた由宇《ゆう》に、ぎゅっとにらまれて叱《しか》られた。

昨日と同じ、樹洞の回りは静まりかえっている。

「やっぱ、だめかなー。もう、タイムリミットだよね、ヒナが生きていてくれるといいけど……。」

言わないでおこうと思っても、李乃の口からはマイナスな言葉ばかりが飛び出してしまう。由宇はだまってじっと樹洞を見上げている。

もう日は山《やま》の端《は》に傾いた。うす暗い森に、じきに夜がやってくる。

明日になってもこのままだったら、ヒナは保護団体《ほごだんたい》のセンターに運ばれていくことになっている。

「仕方ないね、そろそろ帰らなきゃ……。」

李乃が言いかけたとき、由宇がひょいっと首をのばした。

慧が「シッ！」と指を立てて合図をした。

耳をすます。樹洞の中から、「ビジュービジュー」とヒナの声がする。

そのときひょっこり、大きなフクロウが樹洞から顔を出した。

バサバサバサと羽音がして、一回り小さなフクロウが樹洞の近くの枝《えだ》に止まった。

口に野ネズミをくわえている。胸《むね》の羽が白い。

「あっ、色白父さんだ！」

由宇が息をのんだ。

ゴロスケ母さんがまた顔をのぞかせた。

口から口にえさを受け取ると、ゴロスケ母さんはまた樹洞に入っていく。

ヒナのひときわ元気な鳴き声がして、また静かになった。

色白父さんは、また羽を広げてどこかに飛び立った。

「やったー、ゴロスケたち、ちゃんとヒナを育ててくれてるよ。」

「さすがゴロスケ、自分の子って、ちゃんとわかったんだ。」

澪《みお》と李乃《りの》は思わず手を取り合う。

「すげーなー、フクロウってさ。野生の本能に敬服《けいふく》！　親子の絆《きずな》は強し、もろ見ちゃった！」

慧《けい》は興奮《こうふん》しすぎて目を潤《うる》ませた。

万に一つの奇跡《きせき》かもしれない、さらわれたヒナと再会して、また子育てを始めるなんて、ほとんどありえないことらしい。

「ヒナ君、すごいね……、父さんも母さんも……すごいね。」

由宇は息をするのも忘《わす》れたみたいに、あんぐりと口を開けたままだ。

「がんばったもん、また、母さんたちに会えてよかったね。」

由宇は樹洞に向かってささやくと、きらきらの笑顔でふり返った。

帰り道、ヒナの名前を考えた。

ゴロスケの子どもだから、ゴロウ太、ゴロ丸、ゴ助、ゴン太、ゴロ子にゴロウ丸。

でもオスかメスか分からないから、間を取って、ゴロンに決定。

「なんだよそれ、ごろんごろん寝《ね》っ転《ころ》がってるみたいでかっこわるー。」

ごろう丸がいいと言ってゆずらない慧は不満顔だ。

「ヒナが女の子ならかわいそうよ、ゴロンなら、メスでもだいじょうぶよね。」

李乃に押《お》し切られて、慧はしぶしぶうなずいた。

ガンバレ、ゴロン、巣立ちの時期はもうすぐだ。

八・母さんの巣箱

待ちに待った日がついにやってきた。

由宇《ゆう》は、朝から何度も表に出ては、坂の下に続く道を見ている。

「まだ父さんは来ないよ、近づいたら電話くれるって言ってたじゃない。」

李乃《りの》はそう言いながらも、何をするにも落ち着かなくて、窓《まど》から顔を出しては、父さんの青い車を探《さが》してしまう。

初めての場所での営業の仕事は、なれるまでが忙《いそが》しかったらしい。父さんと電話で話すたびに、父さんがどんなに疲《つか》れているかが声で分かった。

でも、やっとゴールデンウイークの代休がとれたからと言って、土日も入れて今日から一週間、父さんは田舎《いなか》にやってくる。

二ヶ月ぶりの再会を、李乃《りの》と由宇はずっと心待ちにしてきた。

父さんの使う布団《ふとん》を干し終わったとき、庭から由宇の大声がした。

「どうしたの？　何かあったの？」

びっくりして外にかけ出すと、由宇が両手を上げてピョンピョンはねているのが見えた。

視線《しせん》の先には、青い車が小さく見えた。

「父さんだ、父さんがきたぞー！」

由宇の声がひっくり返る。興奮《こうふん》すると、由宇はよくこんな声を出す。

「本当だ、あの車、父さんのだ。おじいちゃん、おばあちゃん、父さんが来たよ！」

胸《むね》がどきどきする。嬉《うれ》しいのに恥《は》ずかしいような、口をつむろうとするのに、ほほがかってにゆるんでにたりとしてしまうような変な感じ。

「あらあら、早く来られてよかったわねえ。」

おばあちゃんはエプロンで手を拭《ふ》きふきやってきた。

おじいちゃんも右足をひきずりながら居間《いま》から出てきた。おじいちゃんはこのごろ杖《つえ》を使わない。腰《こし》と足の状態は少しずつよくなっているらしい。

父さんの乗った青い車が、ギュウウウンとエンジンをふかしながら坂道を上ってきた。

運転席から顔を出した父さんは、前よりちょっとやせたように見えた。それでも、顔をくしゃくしゃにして、嬉《うれ》しそうに笑った。

「おおー、元気そうだなおまえたち！　由宇《ゆう》はあれ、背《せ》がのびたんじゃないか？」

車から降《お》りると、父さんは由宇の横に立った。由宇は得意そうに胸をはる。

「あれ本当だ、由宇ったらいつの間に？」

父さんのおへその上あたりだったのに、今は、それを二センチぐらいこしている。

「李乃もすっかり日焼けして、ちょっと美人になったんじゃないか。」

父さんがまぶしそうに李乃を見た。

「そんなことないない、山のおサルになったんだよ、おねえちゃんは。」

憎《にく》まれ口をきく由宇の頭を軽くたたく。

「山か、そういえば、ゴロスケ一家がいるんだってな。うーん、なつかしいなあ。」

父さんは母さんと結婚《けっこん》する頃《ころ》、この家の庭でゴロスケを何度か見かけて知っていたそうだ。

電話でゴロスケたちのことも全部話してあるから、父さんはゴロスケやゴロンにあうことを楽しみにしていた。

「まあまあ、疲《つか》れたでしょう、つもる話は中に入ってからにしましょう。」

おばあちゃんが笑った。

「あっ、お母さん、すみません、すっかりおまかせしっぱなしで……。」

「なにをいってるんですか、毎日がにぎやかで楽しくてね、私達は感謝《かんしゃ》してますよ。」

頭を下げる父さんを止めて、おばあちゃんが笑った。

「ああ、山はいいなあ、木のにおい、鳥の声、やっぱりここはいいなあ、生き返った気がしてくるよ。そうだそうだ、家にあがる前に、まずはしだれ桜《ざくら》にあいさつに行かなきゃな。ゴロスケのお里だからな。」

父さんは笑いながらそう言うと、大きくのびをして、息をいっぱい吸《す》い込んだ。由宇は父さんの先に立って、裏庭《うらにわ》に走っていく。

しだれ桜の前に立つと、父さんはだまって樹洞《じゅどう》のあったこぶを見つめている。

「森にいるフクロウたちは、今はそろそろ二ヶ月経《た》つから、ぼつぼつ狩《か》りの仕方や飛行の訓練《くんれん》をする時期なんだって。ひとりだちは秋だからまだ間があるけど、でもゴロンは羽を痛《いた》めているから飛べるかなあ。」

ゆうべ調べた科学のアルバム『フクロウ』に、ヒナは孵化《ふか》して一ヶ月。そのあと、二・三カ月は、親から狩《か》りや飛び方の訓練《くんれん》を受けたりして、九月から十月にかけてひとり立ちをすると書いてあった。

父さんは驚《おどろ》いたようにふり返った。李乃《りの》の顔をまじまじと見つめる。

李乃は父さんの意外な反応に面食らって、目をパチパチさせた。

「いやー、驚いたな。初めてこの家に来たとき、母さんは樹洞《じゅどう》を見上げる父さんに、同じ事を言ったんだ。もっともゴロンでなくて、ヒナのことを心配してたんだけどな。」

父さんは、また、ほーと息をついた。

「あれー、父さんってゴロスケみたい、色白父さんだ。」

父さんを見上げていた由宇が、おどけた声を出した。

「色白父さんか、おお聞いた聞いた、母さんがよく言ってたな。でも、どこがだ?」

「だって、白いシャツにうす茶のズボン。それに母さんよりやせてるし背《せ》も……。」

由宇は突然《とつぜん》口をつぐんでにやりとした。

母さんはふっくらしてて背も高かった。声も大きくていつも笑ってた。父さんは、母さんと同じくらいの背丈《せたけ》だけど、ずっと前からやせていた。二人ならぶと、母さんの方がちょっと大きく見えたっけ。

「そういうの、ノミの夫婦《ふうふ》っていうんだって。父さんたちも……。」

李乃も言いかけて、あわてて口を押《お》さえると由宇と顔を見合わせた。

「おいおい、二人してそこまで言うかい？　まあ、体形では母さんに負けてるところもあったかもしれんが、ハートは負けとらんぞ。男は見かけじゃない、中身だ。」

父さんはぐいっと胸《むね》をそらせて笑った。それからなつかしそうに樹洞を見上げていた。

その夜、父さんは遅《おそ》くまで、母さんの『ゴロスケ日記』をながめていた。

明け方ふった雨もすっかり上がり、午後になると空はうっすら青空が顔をのぞかせた。

李乃と由宇は、父さんをフクロウ森に案内した。

あれ以来、ゴロスケは日に何度も森を往復《おうふく》してえさを運んでいる。

「オスの働きが悪いと、体の小さなヒナは成長できないんだって。でもゴロスケはゴロンのためによく働くからだいじょうぶよね。」

「ぼく、もう一度、ゴロンを見たいなあ。」

そんな李乃《りの》たちの会話に、父さんは楽しそうに耳を傾《かたむ》けている。

おじいちゃんから借りた双眼鏡《そうがんきょう》で、そっと樹洞《じゅどう》をのぞいてみる。

学校帰りの慧《けい》と澪《みお》と毎日のぞいているけれど、あれ以来ゴロンは顔を見せない。

「もう、そろそろ樹洞から姿《すがた》を現すはずなんだけどなあ。」

父さんに見せてあげたいのに……、いのる気持ちで李乃は樹洞を見上げる。

今日は五月二十日、少しずつ日が長くなってきたけど、五時を回ると森の中はどんよりうす暗くなる。ゴロスケたちはさっき二羽とも、獲物《えもの》を捕《と》りに出かけてしまった。

「ああ、やっぱり今日もダメか。父さんに見せてあげたかったのにな、ゴロンをさ。」

由宇がうらめしそうに樹洞を見上げた。

と、そのときだ。樹洞の入り口から、モアモアの白い毛が見えて、ひょっこり丸い顔が現れた。

「あっ、ゴロンだ、ゴロンが顔を出した!」

由宇《ゆう》の声に驚《おどろ》いて、李乃《りの》も父さんもふり返って樹洞《じゅどう》を見上げる。

ゴロンは辺りをきょろきょろ見回して、じっと耳をすます仕草をする。首を出したり引っ込めたりしながら、どこか落ち着かない様子だ。一歩踏《ふ》み出す勇気がもてないらしい。

「がんばれ、ゴロン、怖《こわ》くなんかないよ。」

由宇が小声で応援《おうえん》する。

「そおれ！　そおれ！」

李乃も由宇に合わせて、小声でかけ声をかける。

ゴロンは巣の中で羽ばたきしながら何度もためらった後、ひょいっと下の枝《えだ》に飛び降《お》りた。

「きゃー、やった！　すごいよすごい、ゴロンの巣立ちの瞬間《しゅんかん》よ！」

李乃の声に驚《おどろ》いたのか、ゴロンはあわただしく羽をばたつかせた。心なしか、痛《いた》めた右の羽が下がって見える。

ゴロンはどうかすると枝《えだ》から転げ落ちそうになりながら、さかんに羽をばたつかせて体勢《たいせい》を整えている。

この前より随分《ずいぶん》大きくなった。うぶ毛のような白い毛とまん丸の目の中のちょっとグレーの目玉、天狗《てんぐ》の鼻をとがらせて丸めたみたいなくちばしがかわいい。

「よかったね、ゴロン。でも、今度はちゃんとおうちにもどれるのかなあ。」

「由宇君、残念でした、もどれません。というより、ヒナは一度巣から出ると、もう巣にもどることはありません。」

これも図鑑《ずかん》で調べた。李乃は得意げに胸《むね》をそらす。

「じゃあ、おねえちゃん、ゴロンはずっと枝《えだ》にとまったまま？」

由宇に聞かれて李乃は首をかしげる。

ずっと枝に止まったままなんて疲《つか》れるだろうな。それに、母さんの羽に抱かれて眠《ねむ》ることもできないし。

「そういえば……、近くに親鳥が見守っているから、ヒナは枝の上で安心していられるんだって、母さんも言ってたなあ。きっとどこか近くに、親鳥たちがいるんじゃないか？」

父さんは辺りを見回した。

「ああ、今の今まですっかり忘《わす》れていたのに……不思議だな、思い出してきたよ、昔のことを。」

父さんは、大きく息をつくと、なつかしそうにゴロンを見つめた。

「母さんも見てるかな、ゴロンの姿《すがた》。」

李乃《りの》は父さんの横にならんで、ゴロンを見つめる。

「きっと見てるよ……、母さんが一番喜んでるかもしれないな。」

木々の間からすけて見える空は青い。父さんは静かに空を見上げた。

「ゴロスケ達がしだれ桜《ざくら》に来なくなってからは、母さんはいつもさびしそうに樹洞《じゅどう》を見上げていたっけなあ。」

そういうと、ちょっぴり悲しそうな顔をして、頼《たよ》りなげに体を震《ふる》わせているゴロンに目をやった。

ゴロンは本当に、一度も樹洞にもどらなかった。

樹洞はまた、ただの空っぽの穴《あな》になった。それがちょっとさびしい。日のあるうちはたいてい枝《えだ》の上で、人形みたいに目を閉《と》じてじっとしている。生きているのか不安になって近づこうとしたら、近くに止まっていたゴロスケ母さんに威《い》嚇《かく》された。

ゴロンは日暮れとともに大きく目を開き、羽をのばしたり首を動かしたりしている。ゴロスケがどこからか野ネズミを捕《つか》まえてきた。

それをくちばしで受け取ったゴロスケ母さんが、ゴロンのいる枝《えだ》にやってくる。ゴロンは羽をばたつかせながら近よって、くちばしから獲物《えもの》を受け取った。大きすぎる獲物をどうしようと迷《まよ》ったように、しばらくもぐもぐしていたけれど、喉《のど》を上げてクイックイッとしゃくるようにして、丸ごと飲み込んでしまった。

「かわいいけど、ダメ！　食事の姿《すがた》だけは見てられないよ。」

由宇が顔をゆがめる。父さんが笑った。

かわいいヒナが一瞬《いっしゅん》にしてどう猛《もう》な生き物に変身する。自然界で生きるたくましさを、小さなヒナたちはこうして身につけていくんだ。

ゴロンたちのいる木には、白いフンが筋《すじ》のようについている。時々、木の根本に、黒い塊《かたまり》が落ちている。ペリットといって、小鳥の羽や獣《けもの》の毛、骨《ほね》なんかの消化できない物を筒状《つつじょう》の塊にして、外にはき出しているのだ。

このあとだんだんヒナのうぶ毛が抜《ぬ》けてきて、羽が生えそろっていくらしい。親が持ってくるえさにさそわれて、少しずつ森に移っていくのだと、あとから合流した慧《けい》が言っていた。

父さんが来て三日目に、朝からおじいちゃんの作業場の大掃除《おおそうじ》をした。腰《こし》を痛《いた》めてからはそのままになっていた作業場は、きれいに片づいているけど、いらない物もたくさんそのままにされていた。

「力仕事ならまかせて下さいよ。」

という父さんに背中《せなか》を押《お》されて、おじいちゃんもその気になったのだ。

作業場の奥《おく》に、青いシートにおおわれた物がある。めくってみたら大きな巣箱が一つ、まだ未完成のまま置かれていた。ちょうど李乃《りの》の腰《こし》辺りまでの高さがある。

「おじいちゃん、これはなんの巣箱？」

椅子《いす》に座《すわ》って仕分けをしているおじいちゃんに声をかけたら、おじいちゃんは首をこきこき回しながらやってきた。

「これか？　さあて、なんだったかなあ？」

おじいちゃんは首をかしげた。

「それはね、千香子《ちかこ》が中学生の時、作りかけた巣箱よ、フクロウ用のね。けっこう形になってたからとっておいたんだけどね。」

おばあちゃんが、首に巻いた手ぬぐいで汗を拭《ふ》きふき言った。

「ああ、そういえば、そんなことがあったな。おじいちゃんも仕事に追われてみてやれず、千香子もそのうち部活やらで忙《いそが》しくなって、そのあとのことはすっかり忘《わす》れていたよ。」

おじいちゃんもポンと手を打った。

巣箱は、ふたがなくて、入り口が小さかった。しかもでこぼこの楕円形《だえんけい》だ。隙間《すきま》があいていて、それを木ぎれでふさいである。

「ゴロスケはしだれ桜《ざくら》の樹洞《じゅどう》があるのに……、あっ、もしかして母さんはもっとフクロウを呼《よ》ぼうとしてたの？」

李乃《りの》は、興味しんしんな様子で巣箱をのぞき込んでいる父さんに聞いた。

「巣立ったヒナがまたここにもどってきて、子育てをするようにと考えたのかな。」

父さんはなにかを考えるように、じっと巣箱を見つめている。

「そしたら、おじいちゃんの家の回りじゅう、ゴロスケでいっぱいだねえ。」

由宇が目をきらきら輝かせた。

ゴロスケがいっぱい！　子どもも孫もそのまた子どもも……、ゴロスケホーホーと鳴き交わす家、考えただけで李乃の胸《むね》はワクワクしてくる。

「おじいちゃん、これちょうだい。父さんもいるし、わたしたちで続きを作ってみる。そうだ、樹洞のあったところに取り付けてあげようよ、そしたらまた、ゴロスケ一族のフクロウがしだれ桜にやってくるかもしれないし！」

名案だ、どうして今まで思いつかなかったんだろう。

父さんが、「ふー――ん」とうなりながらうなずいた。

さっそくおじいちゃんに教えてもらって、父さんは機械で板を削り始めた。今は電動で釘打《くぎう》ちができるから、素人《しろうと》の父さんもけっこう上手くできる。

おじいちゃんの所には機械がなんでもそろっているから、フクロウの出入り口も電動ノコで大きな丸い形にきれいにくり抜《ぬ》けた。

作業場は片づくどころか、切りかすや道具なんかが散らばって大さわぎになった。

でもお昼頃《ころ》にはすっかり立派な巣箱が完成した。

お昼を食べたあと、父さんはおじいちゃんと一緒《いっしょ》に古いファイルを見ながら何か話し合っていた。夕方にはしだれ桜《ざくら》に取り付けられそうだ。

「そうだ、完成式には博士《はかせ》も呼《よ》ばなきゃ。」

「じゃあ、私は澪《みお》を呼ぶよ。」

佳夢里荘《かむりそう》はちょっと遠いから電話をかけた。澪の家は五分足らずで行ける。二人で澪の家に知らせに行った。

お披露目《ひろめ》式は午後三時。場所は裏庭《うらにわ》のしだれ桜だ。帰ってくると巣箱には、ブルーシートが被《かぶ》されていた。

「楽しみはお披露目式までおあずけだ。」

父さんはシートに、『手をふれないこと』とかいた木札をつけた。

慧も澪も三時よりずっと早くにやってきた。

すぐに作業場に直行した慧は、ブルーシートにおおわれた巣箱の大きさに目を見《み》張《は》った。おじいちゃんに、フクロウの巣箱の作り方をしつこく聞いている。

いよいよ三時、庭にテーブルが置かれて、ジュースとビールと、ケーキとおつまみとフルーツがならんだ。ちょっとしたパーティーだ。

「それでは、これから、母さんのフクロウの巣箱の完成を祝って、お披露目式を始めます。」

李乃のあいさつをあいずに、ジュースとビールで乾杯《かんぱい》だ。

由宇《ゆう》がブルーシートをめくる。

「うわあー、すげーえ！」

慧《けい》が歓声《かんせい》を上げた。李乃も由宇も目を見張る。

巣箱の入り口の面は、木の皮でおおわれていて、本当の樹洞《じゅどう》に見える。

「どうだ？　これならゴロスケたちも樹洞のように思うだろう。」

父さんが得意そうに胸《むね》を張《は》った。

「すげー、かっこいいー、つくりたーい。」

慧はそばにかけよると、木の皮《かわ》をはられた巣箱を珍しそうにながめている。

「ビックリしたー、いつの間に作ったの？」

「李乃《りの》たちを驚《おどろ》かそうと思ってな。おじいちゃんに教えてもらったんだ。」

あのとき二人でなにか話していたのは、このことだったんだ。

しだれ桜《ざくら》の太い幹《みき》にはしごを立てて、父さんと慧が巣箱を運ぶ。父さんがはしごを登る。李乃と由宇と澪《みお》が、はしごが倒《たお》れないように、両腕《りょううで》に力を込めて押《お》さえた。

巣箱に通した針金《はりがね》を木の幹《みき》に回して、父さんはしっかり固定《こてい》する。

入り口のふさがったしだれ桜のこぶに、大きな巣箱が取り付けられた。

木の皮を貼《は》り付けた巣箱は、遠くから見ると、本当の幹の一部に見える。

母さんの巣箱が長い時をへて、今完成した。

「母さん、見える？　父さんと由宇《ゆう》と私と、そしておじいちゃんとおばあちゃんみんなで完成させたよ。これでゴロスケはいつでも帰ってこられるね。」

李乃《りの》は青く広がる空に向かってそっとつぶやく。

母さんのはじけるような笑顔が浮《う》かんで消えた。


母さんの巣箱の完成式から、フクロウ用の巣箱を三つ作った。

父さんは残りの休みの二日間を、ずっと巣箱作りに費《つい》やした。

「どうしても、フクロウ森に、フクロウの巣箱をかけたいんだ、安全な場所にかけてあげれば、フクロウは今よりもっと増えるんだ。」

熱意を込《こ》めて言う慧《けい》に押《お》されて、おじいちゃんも父さんもフクロウ助けに手を貸《か》してくれたのだ。父さんは来たときより元気になってきた。

父さんの丸まった背中《せなか》は、厚い板みたいにぴんとのびている。

「いい汗をかくと、気持ちがいいもんだな。」

そういって、おいしそうにビールを飲んだ。

三つの木箱は木の皮はつけないけど、なんとか二日間かかってできあがった。あとは八木さんにも手伝ってもらって、安全な場所に設置するだけだ。

父さんは明日の夕方、仕事先に帰る。

夜、父さんは長い間、しだれ桜《ざくら》にかけられたゴロスケの巣箱を見上げていた。

「母さんも喜んでるだろうな。ゴロンがこの巣を見つけて、我が家にもどってきてくれるといいなあ。父さんも巣箱の様子を見に、できるだけもどってくるからな。」

そう言うと、父さんはまた、満足げに巣箱を見上げた。

いよいよフクロウ森に巣箱の設置をする。

慧《けい》と八木さんが場所を決めてくれたから、父さんの運転する軽トラックで運んだあと、みんなで巣箱を運ぶ手伝いをする。もちろん、李乃も由宇も澪も一緒《いっしょ》だ。

三人で巣箱を持てば、斜面《しゃめん》の足場の悪い林の中もなんとか運ぶことはできた。

みんなで集まると、遠足気分になってテンションが上がってくる。ついつい大声で話したり笑ってしまう。

ふと見ると、慧はこわい顔をしていた。

「いっとくけど、フクロウは敏感《びんかん》で耳もいい。百メートル先の音も聞き分けられるんだ。

今は子育ての真っ最中だから、気が立ってるから、刺激《しげき》しないこと。」

慧《けい》は不機嫌《ふきげん》に言った。

「本当はこんなはずじゃなかったんだ。できるだけそっとしときたかったんだ。だけど、おれだけじゃ巣箱作りも取り付けも無理だから……。」

そういうと、がっくりと肩《かた》を落とした。

「慧が今まで、そっとフクロウたちを見守ってきたことは知ってるだろう。そもそも、野生の世界に人間は踏《ふ》み込《こ》むものじゃない。でも、絶滅《ぜつめつ》をふせぐためには、人間の助けも必要だ。その大事な仕事をするんだから、静かにそっと作業をすること。」

八木さんがみんなを見回してきびしい声で言った。

人間が踏み込んではいけない世界に、今自分たちはいる……!

その言葉が胸《むね》を突《つ》く。自然の森の中で必死に生きる野生の生き物、その世界を人間がおもしろ半分に踏《ふ》み荒《あ》らしてはいけないのだ。

李乃はぎゅっと口元を引きしめる。由宇も大きくうなずいた。

足音をひかえながら黙々《もくもく》と巣箱を運び、はしごをかける。だんだん、すごく大きな仕事をしている気分になってきた。

三つの巣箱をかけ終えたとき、慧がすっくと前に立った。

「みんなに聞いてほしいものがあるんだ。」

「なに？」と聞き返しそうになった李乃を、慧は人差し指を口に当てて止めた。

「目を閉《と》じて耳をすまして、そして、森の声を聞いて。」

慧はゆっくり目を閉じた。李乃も目を閉じ、森の声に集中する。

しーんと音がする。これは空気の流れる音？

と、小さな鳥のさえずりが、すき間をぬうようにして聞こえてきた。それがだんだん大きくはっきりと響《ひび》いてくる。

「あれ、今までこんなに鳴いてたっけ？」

由宇が不思議そうにつぶやいた。一つ聞こえると、重なるようにいろんな鳥の声が聞こえてくる。

ひときわ軽やかなさえずりが聞こえた。空を突《つ》き抜《ぬ》くすんだ声で、ホイホイホイと陽気に鳴いた。

「あれはサンコウチョウ、月・日・星・ホイホイホイって聞こえるだろ。」

李乃《りの》は首を傾《かたむ》け耳をすます。ホイホイホイ以外のさえずりは聞き取れない。

「ウグイスやホトトギスの声もするんだ。夜さびしいときに、ヒューヒューヒューって鳴くのはトラツグミ。」

「知ってる、なんか無気味な感じよね。おばあちゃんはヌエって呼《よ》んでたけど。」

澪《みお》が首をすくめた。そのとき森の奥《おく》から一際《ひときわ》くっきりとした鳥のさえずりがした。

ホーホー　ホキョキョキョ……

「あれはウグイス！　にしては泣き方が下手！」

李乃と澪が顔を見合わせて笑う。

「うん、まだ鳴くのが下手なのもいるんだ。それでも鳴いて鳴いて、だんだん一人前に鳴けるようになるんだ。」

「あは、初めて歩く、赤ちゃんみたいだねえ。」

由宇《ゆう》が体をくねらせる。

突然《とつぜん》すぐ脇《わき》で、「ケーンケーン！」と大きな声がしたと思ったら、大きな羽ばたきの音と一緒《いっしょ》に、瑠璃色《るりいろ》に光る鳥が飛び立った。

キジだ、向かいの小山に低空飛行しながら飛び立った。

「ヒャー、ビックリした……、もう、おどかすなよ！」

由宇が父さんの後ろに飛びのいて、遠ざかるキジに叫《さけ》ぶ。

父さんが由宇の頭に手をやって、ゆかいそうに笑った。

「ぼくは鳥たちが大好きです。これからも頑張《がんば》ってフクロウたちを見守っていきます。

今日はありがとうございました。」

慧は大まじめな顔で、深々と頭を下げた。

森の声を邪魔《じゃま》しないように、みんなで小さく拍手《はくしゅ》する。

鳥のさえずりが一瞬《いっしゅん》消えた。

そのあとまた、一羽二羽と鳴き出した。

「また休みが取れたらすっ飛んでくるよ、ゴロスケ家族のことはもちろんだが、森の巣箱の様子も気になるからな。」

日が沈《しず》んだころ父さんは、おばあちゃんからどっさり野菜とお米をもらって、足取り軽く帰って行った。

九・雷鳴

九月も半ばになると、ヒナたちはすっかり成長して、枝《えだ》にとまっていればどちらが親か子か分からなくなった。

ゴロンのモアモアのうぶ毛は消えて、しっかりとした羽が生えそろってきた。

「けど、やっぱり体は他のヒナに比べて小さいみたい。ゴロスケの遺伝《いでん》は恐《おそ》るべし！絶対《ぜったい》ゴロンはオスで、ゴロスケの子孫だよね。」

無事に育つゴロンを見るたびに、李乃《りの》は澪《みお》と笑いあう。

そんなある晩《ばん》のこと、真夜中に李乃は「ギャーギャー！」という、無気味な声をかすかに聞いた。窓《まど》を開けて耳をすますと、「ゴッゴー」という震《ふる》えるような声が、フクロウ森の方から聞こえた気がした。

でも、それきりおかしな声は聞こえなくなった。

「ねえ、森の方からおかしな声が聞こえたみたいだけど。」

教室に行くと、澪《みお》がすぐにかけよって来た。

「そうそう、ネコのケンカかな、サルかなって思ったけど。まさかフクロウが獣《けもの》におそわれたとか？　ゴロンはだいじょうぶかな？」

李乃《りの》の胸《むね》がざわついて、じっとしていられない。

六年の教室をのぞいたら、慧《けい》はまだ登校していないらしく、姿《すがた》が見えなかった。昇降口《しょうこうぐち》で待っていたら、始業のチャイムぎりぎりになって、眠《ねむ》そうな顔でやってきた。

「いよいよ始まったよ、フクロウのひとり立ちの儀式《ぎしき》。『ゴャーゴャー、ゴッゴォー』って絶叫《ぜっきょう》がすごいんだ。その無気味さと大音量に隣《となり》の犬が吠《ほ》えだしてさ。」

慧《けい》は、あごが外れそうなほどの大きなあくびをした。

「まさか、真夜中に森に行ったの？」

「さすが森にははいらなかったけどね。あれは間違いなく、メスのフクロウが子どもを追い出すときに発する怒鳴り声だ。」

慧は続けて二回あくびをした。

「ゴロンも追い出されちゃったってこと？　真夜中に？」

「そう、親は次の繁殖《はんしょく》にそなえて、食いだめしなきゃならないし。ゴロンだって冬にそなえて食いだめしなきゃ生き抜《ぬ》けないし。我が子でも邪魔《じゃま》になるんだ。」

「そんな、ショック！　自分が生き抜くために子どもを追い出すなんて、残酷《ざんこく》！」

どんな動物にも、やがてやってくる子別れの儀式があることは李乃も知っていた。でも、ゴロスケ夫婦《ふうふ》とゴロンだけは、ずっと仲良しの家族のままでいられる気がしていた。

「まあな、しゃーないよな。」

慧はまた大きなあくびをすると、ふらふらと教室に入っていった。

ゴロン、今ごろはどうしているんだろう。

突然《とつぜん》ゴロスケ達に突《つ》き放《はな》されて、うちひしがれていやしないだろうか。

おどおど震《ふる》えている哀《あわ》れなゴロンの姿《すがた》ばかりがちらついて、一日中李乃は落ち着けなかった。

遠くでかすかに雷が鳴っているらしい。どんより曇《くも》ったくらい空は、李乃の不安を一層《いっそう》大きくさせた。この日に限って澪《みお》は、委員会の仕事で遅《おそ》くなる。

李乃《りの》はやっぱり心配顔をしている由宇《ゆう》をさそって、フクロウ森に行くことにした。

「ゴロン、ひとりぼっちでだいじょうぶかなあ？　今夜は一人で晩《ばん》ご飯食べられるかなあ？」

由宇もひとりぼっちのゴロンが気になるらしい。

歩くたびに、「ゴロン、ガンバレ、ゴロン、ガンバレ！」とつぶやいている。

森の中はひっそりとしていた。小鳥のさえずりも聞こえない。ゆうべのすさまじい鳴き声に怖《お》じ気づいて、どこかに身を隠《かく》してしまったのだろうか。

あちらこちらの枝にとまって、体を休めていた穏《おだ》やかそうなフクロウの姿《すがた》も、今日は全く見えない。夜の狩《か》りのために、力をたくわえて今はぐっすり眠《ねむ》っているんだろうか。

でも、この森のどこかにはいるはずだ、どこかに行ってしまったわけじゃない、そう思うと、李乃の気持ちも少しずつ落ち着きを取りもどしてくる。

少なくとも、哀《あわ》れなゴロンの姿は、見える限りの範囲《はんい》においてはなさそうだ。

「ゴロンは強い子よね、命の危機《きき》もちゃんと乗りこえたすごい子だものね、絶対《ぜったい》がんばれるよね。」

李乃は見えないゴロンに向かって声をかける。

「ゴロンはね、いつまでもゴロスケたちの子どもだよ。ぼくたちのゴロンだからね。」

由宇が今は空っぽになった樹洞に向かって呼《よ》びかける。森は静まりかえったままだ。

それにしても今日はやけに静かだ。

ふと、木立の合間から空を見上げたとき、突然《とつぜん》矢を射《い》るように閃光《せんこう》が走った。

えっ？　今のはなに？

李乃は思わず首をすくめる。

由宇が飛びはねて、李乃の体にすがりついてきた。

いつのまにか、辺りは夕暮れのようにうす暗くなっていた。

ふりあおいだ空は真っ黒だ。ゴロンのことに夢中《むちゅう》で、急変した空模様《そらもよう》に気づかなかった。

雨だ、雨がふる……！

と思うまもなく、ザ――――ッと、雨が音をたてて真っ黒な空から落ちてきた。

目に見えるほどの大粒《おおつぶ》の雨は、木々のあいまを突《つ》き抜《ぬ》けて李乃《りの》たちめがけてふりかかってきた。

と、突然《とつぜん》、
ピカッー　ゴロゴロドシャ――――ン！

目を射《い》る金色の光、暗い森を無気味にてらし浮《う》かび上がらせる。

ドドドドド――――ン！

間髪《かんはつ》入れず、激しい地鳴りの音。地面をゆらしとどろいた。

耳をつんざく雷音に、地鳴りが足の裏《うら》を抜《ぬ》けて、李乃と由宇《ゆう》の体をゆらす。

「ヒッヒッヒヒイ！」

由宇はのどを絞《しぼ》っておかしな声をだしながら、李乃にしゃにむにしがみつく。

体を押《お》し当て必死に巻き付けてくる由宇の細い体を、李乃は力いっぱい抱《だ》きしめる。

ここにはおしいれの部屋はない。

由宇はおしいれの部屋に逃《に》げ込めない……！

失敗だ、ゴロンのことばかり考えていて、雨雲が広がっていた空に気づかなかった。天気予報《よほう》では、夕方の欄《らん》に雨マークが付いていた。おばあちゃんは学校の帰りが心配だからって言って、傘《かさ》を持たせてくれたのに、そんなことすらすっかり忘《わす》れていた。

そういえば、遠くで雷が鳴っていたっけ。どうして、由宇が雨を恐《おそ》れることを考えなかったんだろう。ああ、どうしよう、由宇がどうかなってしまう……！

李乃は雨をしのげそうな場所を必死で探《さが》す。

ゴロスケの樹洞《じゅどう》があるアカマツは枝《えだ》を大きくはっているから、少しは雨をしのげるかもしれない。

李乃は由宇を抱きかかえたまま、ゴロスケの樹洞の根元にかけよる。

枝がたくさん生えている場所の幹《みき》に背《せ》をつけて、由宇の頭を胸《むね》に抱《かか》え込んだままうずくまる。

「だいじょうぶよ、由宇！　ゴロンだってたった一人で頑張《がんば》ってるよ、由宇にはおねえちゃんがついてるよ。耳をふさいでいなよ、ゴロスケたちが守ってくれるから！」

叫《さけ》びながら、李乃《りの》は目をぎゅっと閉《と》じる。

ふいに、あの感覚におそわれそうになって、李乃は唇《くちびる》をかみしめる。

忘《わす》れていたあの感覚、頭の奥《おく》がくらっとゆれるあの頼《たよ》りない感覚が、また目をさましそうだ。

体が震《ふる》えてくる。暗闇《やみ》がせまってくる。

言いしれぬ恐怖《きょうふ》が、魔物《まもの》みたいに忍《しの》びよってくる。

雨は、悲しい記憶《きおく》の入り口だ。

母さんを奪《うば》い去った雨の恐怖《きょうふ》は、由宇《ゆう》だけに残されたものではなかった。

李乃の心の奥《おく》深くにももぐり込《こ》んで、無意識のうちに深い悲しみの影《かげ》を落としていたんだ。

心の奥《おく》に巣くった闇の正体が雷鳴に映《うつ》し出され、今姿《すがた》を現す。

今、李乃は自分の心の叫《さけ》びをはっきりと聞いた。


母さんに会いたい、もう一度会いたい、本当は生きていてほしかったんだ……。

叫《さけ》びたかったんだ、本当は……、泣きたかったんだ、大声出して……。
でも、頑張《がんば》らなくちゃって、ずっと、ずっと思ってきた……、けど、私、
やっぱりだめだよ、母さん……！

涙《なみだ》が頬《ほほ》を伝ってこぼれ落ちる。

「母さん助けて、母さん助けて、母さん助けて……。」

飲《の》み込《こ》まれそうになる暗い闇《やみ》を、押《お》しのけるかのように李乃《りの》はいのる。

また閃光《せんこう》が走った。閉《と》じたまぶたの上からも光はようしゃなく瞳《ひとみ》をいぬく。

これでもかというような地鳴りと雷鳴が森をゆらした。

ゴー――という、地面をたたきつける激しい雨の中。

李乃は母さんの笑顔を、やわらかな母さんの胸《むね》を、声を、ほほえみを、閉じたまぶたの裏《うら》で必死に思い起こす。暗闇《くらやみ》の中、李乃は由宇のぬくもりだけをたよりにちぢこまる。

どれだけこうしていただろう。丸まった体の中で、あたたかな吐息《といき》が李乃の胸を包

んだ。

やわらかな手が李乃の腕をそっとつかむ。

「おねえちゃん、フクロウが鳴いたよ。」

由宇がささやいた。

こわごわ顔を上げると、さっきまで狂《くる》ったように落ちてきた大粒《おおつぶ》の雨が、絹糸《きぬいと》のように細く、そして静かな雨に変わっていた。

真っ黒な雨雲が頭上を去り、灰色《はいいろ》のうすい雲が広がり始めている。

「ゴロスケって聞こえたよ、ゴロスケが鳴いたんだよ。」

由宇は思いのほかしっかりとした顔で、李乃を見上げて言った。

雨は消えるようにスーと上がった。

雷鳴は高速で立ち去ったらしく、今はどこか遠くで、かすかに聞こえるだけだ。

「通り雨……?」

ほっとして、体中の力が抜《ぬ》けていく。

胸の中でジッとしていた由宇が、もぞもぞと暴《あば》れ出した。

「きっとこの近くに、ゴロスケもゴロンもいるんだよ。」

李乃《りの》の腕《うで》をすり抜《ぬ》けると、由宇《ゆう》は林の中にかけだした。

李乃は目を閉《と》じて、森に耳をすます。

枝葉《えだは》の間を木漏《こも》れ日みたいにしたたり落ちる、雨のしずくの音しか聞こえない。

「ゴロスケもゴロンも、がんばったんだね。」

由宇は木立を見上げたまま、ささやくように言った。

雨上がりの森は、生まれたての緑になった。

水たまりの残る鎮守《ちんじゅ》の森の石段《いしだん》を、由宇はピョンピョンと跳《は》ねながらおりる。

「あぶないよ、由宇、すべるから！」

李乃の声に、由宇は一瞬《いっしゅん》動きを止めた。

でもすぐに、そのまま一段ぬかしでかけおりた。

ふり返った由宇の笑顔がまぶしい、由宇は両手を上げると、大きくふった。

十　神さまの使い

忍《しの》びよる秋の気配《けはい》を感じてか、しだれ桜《ざくら》は葉の色をうす茶色に染《そ》め始めた。

父さんの作った巣箱は、静かにフクロウがやって来るのを待っている。

由宇は誕生日《たんじょうび》のプレゼントに、父さんにたのんで望遠カメラを買ってもらった。

子ども用の物らしいけど、コンパクトカメラとはちがうりっぱなカメラだ。

「ぼくも母さんみたいに、ゴロンの写真をいっぱいとっていくんだ。」

カメラを首に下げて、由宇はぴょんぴょんはね回りながら宣言《せんげん》した。

三日坊主《ぼうず》かと思っていたけど、由宇は毎日カメラをさげて森に行く。

昨日は午後から小雨がふっていたのに、由宇はやっぱり森に出かけた。

「由宇はだいじょうぶかしらね。李乃、ちょっと、見に行った方がいいんじゃないかしらね。」

そう言って、おばあちゃんは雨雲と森とにらめっこばかりしていた。

李乃《りの》も気になっていたから傘《かさ》を持って表に出ようとしたとき、由宇《ゆうせ》が背を丸めてかけ込《こ》んできた。髪《かみ》も雨合羽《あまがっぱ》もびっしょりぬれている。

由宇は玄関《げんかん》で雨合羽《あまがっぱ》を脱《ぬ》ぎ捨《す》てると、トレーナーの下から大切そうにカメラを取り出した。カメラはタオルでくるまれてビニール袋《ぶくろ》におおわれて、防水バッグに入れられていた。

ぬれた髪《かみ》の毛をふく前に、由宇はカメラをていねいにふき出した。

「あきれた！　そんなにまでして森に行くことないのに。」

「だって明日は父さんが来るんだから、ゴロンの最新の姿を見せてあげたいじゃん。」

李乃が顔をしかめたら、由宇はぷんとほほをふくらめてカメラを抱《かか》えた。

由宇のとる写真はピンぼけばかりだけど、満足げにながめては子ども部屋のあちこちにはっている。今はもう、はるスペースがなくなったから、このごろは由宇のおしいれの部屋にもはられている。

由宇のおしいれの部屋は、だんだんピンぼけのゴロンと森の写真の倉庫になってきた。

今日は父さんが田舎《いなか》にやってくる。

由宇は朝から落ち着かない様子で、表に出たり入ったりをくり返している。

「父さん早く来ないかな、ゴロンの写真、見せてあげるのに。」

由宇は首からカメラをさげて、写真の入った箱を大切そうにかかえなおす。

「ははは、由宇のカメラマンぶりも、なかなか板についてきたじゃないか。」

おじいちゃんは、そんな由宇を見て、目を細めた。

由宇はもう、雨がふってもおしいれの部屋には逃《に》げ込まない。

相変わらず雨は嫌《きら》いらしいけど、カメラをいじったり、ゴロンの写真を見て時間を過《す》ごす。

ふっと、やわらかな風が、李乃のほほをなぜながら吹《ふ》きすぎた。

しだれ桜がさわさわと音をたてた。

おじいちゃんはしだれ桜に目をやると、ぐんと背筋《せすじ》をのばした。

「なかなか来ないね、ゴロスケたち。」

李乃《りの》もおじいちゃんとならんで、しだれ桜《ざくら》をながめる。

「そうだなあ、十二月も末になれば、フクロウもパートナーを見つけ始めて、ヒナを産むにいい巣穴《すあな》を探《さが》し始める。だがまあ、今年の内は無理かもしれんなあ。」

そういいながらも、おじいちゃんはうれしそうだ。

「そうだ、李乃、いいこと教えてやろうか。」

急におじいちゃんは、声をひそめていたずらっぽく笑った。

「うふ、おじいちゃんのいいこと聞くの、これで二回目だね。」

ここに来たばかりのころ、おじいちゃんが教えてくれたゴロスケの話からすべてが始まった。

あれからもう、半年以上の月日が流れた。

「うん、知りたい、いいことならなんでも！」

李乃は大きくうなずく。おじいちゃんは、ひとつ大きく、ゆっくりとうなずいた。

「ゴロスケはな、天の神さまからの使いなんだ。」

「天の神さまの使いって、あの……？」

李乃は思わず天を指さす。

雲の上に住む、頭の上にわっかをつけた白い衣装《いしょう》の神々しい人たち。

「ああ、そうだ。羽を持つ鳥たちはな、みんな天の神さまからの使いだ。中でもフクロウは、昔から大神さまから使わされて天からやってくる、神さまの鳥だと言われていたんだ。」

ゴロスケが神さまの鳥？

だみ声で鳴く、ずんぐりむっくりの体に太い足、鋭《するど》い爪《つめ》を持つあのゴロスケたちが？

「やだー、想像《そうぞう》したらちょっと笑えるよ。」

フクロウの名前の由来なら、李乃も知っている。おもしろい名前だなって思って、図鑑《ずかん》で調べたことがあったからだ。

『苦労しない不苦労《ふくろう》』・『福が来る福朗《ふくろう》』・『福が籠《こ》もる福籠《ふくろう》』なんかの連想から、縁起がいい鳥になっているそうだ。それに、ギリシャ神話では、知恵《ちえ》の神アテーネの象徴《しょうちょう》になっているとか。

「あっ、そういえば日本でも、フクロウはアイヌ民族の最高の神だったんだ！」

夜響《よるひび》きわたるフクロウの低い声が、人々を魔物《まもの》から守ってくれると信じられていたらしい。

おじいちゃんは大きくうなずいた。

それから、腰《こし》をのばして、目の前に広がる段丘《だんきゅう》を見わたした。

「この辺りは農家や果樹園《かじゅえん》が多いだろう。だがせっかく作物を作っても、獣《けもの》や野ネズミに食い荒《あ》らされる被害《ひがい》が多くてな。」

畑や果樹園がゆったりと広がったのどかな風景だ。

「フクロウは野ネズミやモグラをエサにする。野ネズミたちの退治を願う村人たちにとっては、フクロウはまるで神さまのようなものだった。だから、神さまが使わした神の鳥として、ここらあたりでは、昔から大切にされてきたんだ。」

「うーん、そういわれてみればフクロウって神さまっぽいかも。」

どっしりとしたたたずまい、なんでもお見通しのような黒い大きな瞳《ひとみ》。森で出会ったフクロウたちの姿《すがた》を思い浮《う》かべる。

「おじいちゃんの子どもの頃《ころ》は、フクロウを呼《よ》びよせるために、ほら、あそこの畑に杭《くい》を打ってフクロウの止まり木を作って、野ネズミ退治をしてもらったなあ。」

おじいちゃんは、はす向かいの畑を指さした。

野ネズミを頭から、クイクイと飲《の》み込《こ》むヒナの姿が浮かんできて、李乃は思わず顔をしかめた。一瞬《いっしゅん》だけ見せる、フクロウのどう猛《もう》な姿だ。

「でも、どうしてかな、今は深い森の奥《おく》にやっとでフクロウは暮らしているのに、昔は人のいる所にも出てきていたの？」

「昔はこの辺りにも、エサとなる生き物はたくさんいたし、生きられる場所もあった。大木を育てる森も林も豊かにあって、フクロウもヒナを育てる樹洞《じゅどう》にこまることなく、暮らせたもんだが、だんだんと住みいにくい場所に変わってきたんだろうな……。」

おじいちゃんは昔をなつかしむように、鎮守《ちんじゅ》の森に目をやった。

李乃から見ると、田舎《いなか》の自然はまだたっぷり残っている。けれど、少しずつ道路が広がり、小さな工場や店ができてきて、丘の反対側にはアパートや団地まで建ち始めた。これからも、どんどん変わっていくのかもしれない。

「それじゃあ、おじいちゃんの家はすごかったんだね、だってそんな神さまの使いが家にいてくれたんだから。」

李乃《りの》はしみじみため息をつく。

神さまの使いのゴロスケと一緒《いっしょ》に暮らせた母さんは、幸せだったんだな。

「ゴロスケは我が家を守るために使わされた、神様からの使いだ。千香子《ちかこ》が守られて育ったように、またおまえ達を守ってくれるといいな……。」

おじいちゃんは、何か言いかけて言葉を飲んだ。

それからすんと鼻をすると、父さんの作った巣箱に目をやった。

「来たよー、来たよ来たよ、父さんだー。」

表から由宇《ゆう》の甲高い声がした。父さんは休みごと、田舎《いなか》にやってくる。李乃と由宇に会うことと、ゴロスケ達の様子を見ることが、父さんの唯一《ゆいいつ》の楽しみになっているようだ。

李乃の心が浮《う》き立ってそのままかけ出す。

とそのとき、視界《しかい》に入った向かいの大杉の端《はし》がゆれた気がして、立ち止まった。

ゴロスケが止まっていたという木の枝《えだ》に、今たしかに茶色いかたまりが見えた気がした。

「あれおじいちゃん、大杉にフクロウがいたかも。」

おじいちゃんは急いでやってきた。目を凝《こ》らして大杉を見つめる。

でもさっきたしかに見えたと思った茶色いかたまりは、消えたみたいにいなくなった。

「おかしいな、今たしかにいたと思ったんだけど……。」

フクロウのことばかり考えていたから、いない物まで見えちゃったんだろうか。

「いやいや、様子を見に来たのかもしれないぞ。昔ゴロスケがここがいいと見つけた場所だ。ゴロスケの子孫なら血は争えないな。中には一羽くらい、ゴロスケのように考えるやつがいたって不思議はないぞ。」

おじいちゃんの顔が明るく輝《かがや》いた。

「私もう一度、巣箱を見てくる。もしかしたらいたりしてね。」

母屋《おもや》の屋根に枝《えだ》をはるしだれ桜《ざくら》。

母さんの愛したゴロスケ家族が住んだ樹洞《じゅどう》に、今、父さんが作った巣箱が待ちわびた様子で空を仰《あお》いでいる。

「またゴロスケたちが来るといいね、母さん。そしたらいっしょに暮らせるのにね。」

きっとゴロスケは、天にいる母さんをときどき背中《せなか》に乗せて、舞《ま》い降《お》りてきてくれるかもしれない。李乃《りの》はそっとしだれ桜にささやく。

表で、車が止まる音がして、由宇《ゆう》の叫《さけ》び声と、父さんの笑い声が聞こえてきた。

李乃《りの》はきびすをかえす。全速力で走って、そのまま父さんの広いあたたかな胸に飛び込んだ。

ホーホー　ゴロスケ　ホーホー　　　ゴロスケ　ホーホー

あかね色に染《そ》まった夕暮れの森から、小さなフクロウの声がした。

あとがき

うっそうとした森の外れに、緑色の水をどっぷりとためた大きな池があります。そのほとりの杉《すぎ》の木の真ん中に、丸い穴《あな》の開いた大きな巣箱が見えます。これは以前、地元の小学生が取り付けたフクロウの巣箱ですが、池の向かいに住む人の話では、この巣箱にフクロウはやってこなかったとのことでした。

フクロウを待ちわびて静かに時を過《す》ごす巣箱を見上げていると、どんな願いを込《こ》めてこの巣箱を作ったんだろう、フクロウは何を見ただろう……と、様々な想いがわき上がってきます。巣箱作りに場所探《さが》し、ヒナの成長の見守りと、大変な時間と労力のいる活動をささえる原動力は何なのか、それを知りたくて私は資料《しりょう》を集めはじめました。

闇《やみ》の中でくりひろげられるフクロウの生態《せいたい》は、実に神秘的《しんぴてき》で興味深《きょうみぶか》いものです。その中でも、フクロウは一夫一妻制《いっぷいっさいせい》で、一度つがいになるとどちらかが死ぬまでそいとげること、何年も同じ巣穴を利用することがあるということ。また、夜のしじまを破って鳴きかわすもの悲しい声が、実はいくつもの声を持ち、家族で会話をしているということに、強く心ひかれました。子育ての役割分担《やくわりぶんたん》、やがて迎《むか》えるヒナのひとり立ちまでの営《いとな》みは、家族愛に満ちて、ただただ感動するばかりでした。

厳《きび》しい自然界の中でくりひろげられるフクロウ家族の生活は、危険《きけん》にみち、ときには親を失いヒナを失う。しかし懸命《けんめい》に生きぬいていく。その姿《すがた》はそのまま人間の家族の姿と重なり、いつしか幼い姉弟が像《ぞう》を結び始めました。ある日突然《とつぜん》、不慮《ふりょ》の事故《じこ》で母を失った李《り》乃《の》と由宇《ゆう》。心に深《ふか》い傷《きず》を負い、残された家族は『あの日』に立ち止まったまま。しかし、亡《な》き母に導《みちび》かれるようにゴロスケと出会い、自然界の中で生きぬくたくましさに触《ふ》れて、少しずつ前に歩き出す。そんな家族再生《さいせい》の物語を、書いてみたいと思ったのです。

生きるということ、生きぬくということは、幸せなことばかりではありません。どうにもならない哀《かな》しみに見舞《みま》われることもあります。それは人間に限《かぎ》ることでなく、自然の中においては、そこに生きるものたちも、みな同じ仲間に思えるのです。

現在《げんざい》、保護活動《ほごかつどう》は中学生に手渡《てわた》され、無事にヒナの成長が確認《かくにん》されています。多くの人々のあたたかな手によってつながれていく、小さくも尊《とうと》い命です。どうぞ、この本を手にとってくださった皆様《みなさま》の心にも、ゴロスケたちの明るくはずんだ声が届《とど》きますように。

熊谷　千世子

熊谷千世子（くまがい・ちせこ）　作者
長野県に生まれる。信州児童文学会会員、日本児童文学者協会会員、日本児童文芸家協会会員。第19回小川未明文学賞優秀賞受賞。その他、『あの夏の日のとびらを開けて』『龍神様の銀のしずく』『クルーの空』（文研出版）『怪談図書館』（国土社）などがある。

竹熊ゴオル（たけくま・ごおる）　画家
1975年生まれ、千葉県出身のイラストレーター。動植物が得意分野。代表作は『「龍使い」になれる本』（サンマーク出版）『トムとジェリーをさがせ！どたばたハウスでおおあばれ』（河出書房新社）など。現在家にいる動物は猫2匹。本当は蛙も飼いたい。

〈文研じゅべにーる〉　2018年2月28日　第1刷
しだれ桜のゴロスケ
作　者　熊谷千世子　ISBN978-4-580-82342-6
画　家　竹熊ゴオル　NDC 913　A5判　168P　22cm

発行者　佐藤徹哉
発行所　文研出版　〒113-0023　東京都文京区向丘2－3－10　☎(03)3814-6277
〒543-0052　大阪市天王寺区大道4－3－25　☎(06)6779-1531
http://www.shinko-keirin.co.jp
表紙デザイン　花本浩一
印刷所・製本所　株式会社太洋社